A Coleção de Pesadelos da AVEC Editora e de Duda Falcão reúne livros de contos oriundos das mentes mais insanas de excelentes ficcionistas nacionais. Não deixe de alimentar os seus próprios pesadelos guardando este exemplar monstruoso em sua biblioteca de tomos bizarros.

Copyright © Oscar Nestarez. Todos os direitos desta edição reservados à AVEC Editora. Nenhuma parte desta publicação poderá ser reproduzida, seja por meios mecânicos, eletrônicos ou em cópia reprográfica, sem autorização prévia da editora.

PUBLISHER
Artur Vecchi

EDITOR
Duda Falcão

ILUSTRAÇÃO DA CAPA
Marcel Bartholo

PROJETO GRÁFICO E DIAGRAMAÇÃO
Luciana Minuzzi

REVISÃO
Camila Villalba

N 468

Nestarez, Oscar
O breu povoado / Oscar Nestarez. – Porto Alegre : Avec, 2021.

ISBN 978-85-5447-086-9

1. Contos brasileiros   I. Título

CDD 869.93

Índice para catálogo sistemático:
1.Contos : Literatura brasileira 869.93

Ficha catalográfica elaborada por Ana Lucia Merege CRB-7 4667

1ª edição, 2021
Impresso no Brasil /
Printed in Brazil

Caixa postal 7501 | CEP 90430 - 970 | Porto Alegre - RS
www.aveceditora.com.br | contato@aveceditora.com.br
instagram.com/aveceditora

O BREU POVOADO

OSCAR NESTAREZ

5
O veneno, o antídoto e o veneno
15
Nellie vai para casa
31
Depois da brisa
41
O gato no vácuo
49
Dois abolidos
57
O bonecro
65
Lupus Dei

69
Rasgos
73
Depois da carne
77
Fora do foco
89
Uma oferenda
95
A caminho de Lídia
105
Quando ela se sussurra para mim
117
O breu povoado

Aviso de gatilho: Este é um livro de horror, contendo violência explícita. Leitores muito sensíveis a temas como violência doméstica, estupro, abuso sexual, crueldade com animais e assassinato devem ter em mente que há conteúdo semelhante nesta obra.

O VENENO, O ANTÍDOTO E O VENENO[1]

Se me perguntarem, não saberei dizer ao certo por que aceitei vir. Acho que por puro tédio, ou talvez por orgulho; o convite foi tão contundente, tão insistente, que me senti envaidecido. Fazia tempo que não me abordavam de forma tão lisonjeira, pedindo-me para que palestrasse sobre um assunto do qual estava afastado havia anos: ficção literária de horror.
    Acabei aceitando na hora. Que querem vocês? Meus dias de (alguma) glória pareciam extintos. Eu não era convidado para eventos literários havia muitos meses — culpa, não tenho dúvidas, do choque causado pelas minhas últimas histórias. Culpa da "inaceitável guinada rumo ao escândalo", "da *blitzkrieg* sórdida", do "desvario de me manterem desenjaulado", do "câncer que infelizmente não me matou" e de várias outras ignomínias que os críticos, antes ao meu lado, acharam por bem lançar contra as minhas pobres historinhas. Conforme fui publicando os relatos da "repulsiva, fanática e criminosa" série *Hábitos do abismo*, eles foram se afastando de mim como se subitamente se vissem ao lado de um leproso: enojados. E lá de longe, seguros de estarem todos de acordo em relação à ruína absoluta daquele que foi uma promessa da literatura nacional, cobriram-me de escarros verbais.
    Não que isso tenha me impedido de escrever. Na verdade, após o câncer, passei a ligar pouco ou nada para a receptividade dos meus relatos, o que talvez tenha me proporcionado uma liberdade inédita. Os *Hábitos do abismo* sempre estiveram dentro de mim, como acredito que os futuros livros de qualquer autor estejam dentro dele — basta que a experiência os encontre e os extirpe. E, do meu *rendez-vous* com a morte — que, por conta de algum mecanismo por mim incompreendido e que jamais chamarei de "milagre", não se realizou —, voltei muito mais

---
[1] O conto foi publicado originalmente na coletânea *Confinados*, da ed. Monomito.

disposto a apresentar meus textos ao mundo da exata forma como estavam dentro de mim: fedorentos, viscosos e sangrentos. Mas meus, ainda assim.

Divago... Bem, o que sei é que a ideia de me convidar partiu de alguém que não me conhece — ou aos *Hábitos* — direito. Um *pen pal*, colega de escrita com quem me correspondo há alguns anos, mas que só conheci pessoalmente agora. Acredito que ele me veja como uma espécie de "mentor", pois sempre julgou adequado informar-me dos encaminhamentos de sua recém-iniciada carreira literária, compartilhando comigo as antologias para as quais era escolhido e as feiras de que participava. E eu, talvez por tédio ou por interesse antropológico, sempre o estimulei.

Uma das referidas feiras é a que acontece agora mesmo. Meu *pen pal* é da região, mora em uma cidade próxima. Quando soube do evento, comunicou-me de sua participação e, prestimoso, prontificou-se a articular a minha — o que fez com eficiência, é verdade. Poucos dias depois, recebi o convite do organizador. Então, vislumbrando uma chance de voltar aos holofotes, e seduzido pela promessa de que seria "uma das maiores festas literárias do estado", aceitei de pronto. De modo que cá estou, nesta cidade incrustada no meio do nada, diante da "praça da matriz", aguardando pela minha palestra.

Diante de mim, tenho a pasmaceira que sempre me mortificou em cidades minúsculas como esta. Na praça, casais tomando sorvete e sonhando com o futuro pago a crediário, moleques desajeitados tentando disfarçar a ereção pelo simples fato de haver meninas ao redor, um ou outro bêbado desmaiado, vira-latas farejando-se em um 69 sarnento, crianças barulhentas ao redor do pipoqueiro e um abominável *et cetera*. Diante de tudo isso, claro, também está o meu arrependimento. Três dias perdidos por culpa de um impulsivo "sim". Três dias que não voltarão jamais, e nenhum holofote que importe.

Pois tenho longa experiência em eventos assim — já são quase trinta anos no ramo. E evidente está que vou pregar no deserto. Ninguém aqui quer saber de histórias, e muito menos de livros de horror. As crianças e os adolescentes vêm porque as escolas os obrigam; e os adultos só querem saber das noitadas que sucedem às atrações, dado que uma cartela com carimbos que atestem participação nas palestras garante descontos nos shows noturnos.

Bem, não há remédio. Vítima de meu impulso, cá estou. E já é hora de atravessar a praça rumo ao centro de convenções, onde acontecerá a minha apresentação. O sino da igreja atrás de mim soa e emudece: uma da tarde, o sol a pino distorcendo a paisagem. Posso ir pela sombra, mas prefiro enfrentar a canícula para misturar tons de masoquismo a um quadro já bem deprimente.
No entanto, ora, que curioso. Contra todas as probabilidades, há um amontoado de gente na frente do local. Não só alunos da região, jovens (à paisana), adultos e idosos também. Um pouco ansioso, contorno-os e entro rapidamente. Demoro para ajustar minha visão da claridade à penumbra do auditório — que já está bastante cheio e, viva!, refrescado por barulhentos aparelhos de ar-condicionado. Percorro apressado o caminho até o palco, de onde um rapaz olha para mim com uma expressão apalermada e um microfone nas mãos.
Em um relance para o "equipamento" ao lado do moço, desisto de utilizar o amparo visual que carrego em um *pen drive*. Bem, que diferença fará? Ninguém prestará atenção ao que direi. Então, decido comigo mesmo: falarei por 40 minutos ou mais, pegarei o cachê e sumirei da vida desta cidade. E ela da minha.
Mas sei atuar, essa é a verdade. Anos e anos de experiência me ensinaram. Vocês podem supor que, tendo em vista a forma rancorosa com que me expresso, a minha palestra seguirá pela mesma vereda amarga; redondo engano. Consigo guardar tudo isso em uma gavetinha mental bem escondida e abrir outra, a da eloquência, para, se não conquistar esta plateia ignorante, ao menos merecer o pagamento que me foi prometido.
Então subo, estapeio o microfone e, diante de rostos tiritantes de frio e ao som dos pedidos por silêncio dos professores, começo a falar. Falo, falo e falo, percorrendo o trajeto de sempre: do paleolítico até Edgar Allan Poe, com direito às escalas obrigatórias no gótico e no fantástico oitocentista, E.T.A. Hoffmann à proa. Não os poupo de absolutamente nada.
E até procuro usar de minhas artimanhas. Elogio a cidade, solto as anedotas de sempre, indago sobre as assombrações locais... Mas nada. Sequer os professores ouviram falar de Hoffmann, um ou outro conhece Poe, mas nenhum faz ideia de quem seja Ann Radcliffe — que dirá Machen, Maupassant, Le Fanu etc. Tenho, diante de mim, um daqueles tabuleiros do jogo Cara a Cara: aos poucos, as plaquinhas com os rostos vão

caindo à minha frente. Ora de sono, ora levantando-se e saindo rumo à praça ensolarada — com a exceção de dois garotinhos na terceira fila, que olham fixamente para mim. Voltarei a eles em breve. Quanto ao resto, não importa. Continuo falando, foco no cachê. Não que precise dele — os rendimentos vão bem, obrigado. Mas é o mínimo que esta cidade abstrusa pode fazer por mim. Sem contar que acréscimos dessa ordem sempre me proporcionam noitadas redentoras, nas quais afogo tumores, cusparadas dos críticos e minha própria condição capengo-molenga em álcool — e em outras substâncias menos sociáveis. Consumo-as todas para me esquecer de que sou baixo, franzino e agora fracassado, somente para me lembrar, no dia seguinte, de que sou tudo isso e muito menos.

Bem, terminado o percurso, faço uma ou duas perguntas. Só os aparelhos de ar-condicionado respondem, e agradeço à sala já quase vazia. Aliás, de cheia a quase vazia em pouco menos de uma hora: façanha! Devo ter batido algum recorde. Dedico algumas palavras aos meus *Hábitos*, cujos exemplares carrego comigo, e, após anunciar o preço, encerro a apresentação. As palmas são protocolares e frouxas. Desço do palco e me preparo para sair.

Mas, contrários à correnteza que flui para fora da sala, noto que aqueles dois meninos caminham na minha direção. Têm os bracinhos estendidos e as mãos apertadas, segurando algo. Aproximam-se: dois molecotes de dez, onze anos, no máximo. Duas crianças vindo a mim como que hipnotizadas, sonâmbulas.

— O que vocês querem, rapazes?

Percebo que cada um estende uma nota de cinquenta. Não respondem. Respiro fundo, porque é difícil ser amável.

— Não tem algodão-doce aqui.

— O livro — sussurra o da esquerda.

Reparo-o melhor, e de contrariado passei a encantado. Pois eis aí uma criança de beleza extraordinária, toda ela emanando suavidade, maciez e aurora. Imensos olhos negros que mal se movem e delicados cabelos loiros, ondulando sobre uma pele afogueada.

O amiguinho não fica para trás. Negro, tem olhos amendoados de um castanho que, à luz da ribalta, assume matizes esverdeados. Lábios volumosos e entreabertos, como se ecoasse o

pedido do coleguinha. Sinto-me desconcertado diante de tal situação insólita, de tal beleza improvável. E desbaratinado diante de um pedido tão absurdo.
— O livro? Ora, não é para a idade de vocês. — Recupero um pouco da postura. Em vão. Continuam em silêncio, as notas estendidas na minha direção. Os dois de mochilinhas nas costas, metidos em uniformes da escola "Humbert Humboldt". — Cadê as mamães?
Balançam juntos os ombros.
A cabeça a mil por hora, pergunto-me que mal há. As mães devem ter dado dinheiro aos dois e ordenado que não voltassem da feira sem livros. Que sejam os meus *Hábitos*, então, as maçãs podres em meio a Lobatos, Grimms, Andersens e Rowlings. Pois o quanto antes apodrecermos, melhor. Mais preparados estaremos para tolerar o fedor do mundo. E corrupta, acintosamente corrupta, é a ideia que me entra nos pensamentos de repente, tão peçonhenta quanto excitante. A cidade começa a mostrar seus encantos.
Entrego um exemplar do livro para cada um dos meninos e olho para as notas estendidas.
— Puxa, mas não tenho troco.
Eles não sabem e não saberão, mas para vocês eu conto: no bolso esquerdo, trago um maço de notas miúdas. Os anos ensinaram-me também a sempre levar troco para as apresentações em que tento vender livros.
— Vocês se importam se sairmos para tentar trocar essas notas?
Pergunta retórica. Conforme imaginei, os dois me seguem como pequenas sombras enquanto saio do centro de convenções em direção à praça.
Olho furtivamente ao redor, em busca das mães ou da professora: nada. Caminhamos rumo à loja de eletrodomésticos, talvez a única da cidade, ali do outro lado. Peço para que os dois aguardem perto da vitrine, entro e chamo a vendedora. Pergunto, em voz baixa, se ela tem um toca-discos Marantz modelo 6350. Diante da expressão de incompreensão da moça, agradeço e saio.
Dirijo o olhar para os garotinhos, balanço a cabeça e espremo os lábios.
Vamos até a sorveteria, a um quarteirão dali. Os dois me acompanham em um silêncio de pedra.

Quando chegamos, oriento-os a me esperarem na porta. Ao senhor que me atende, peço três picolés de chocolate, pago com cartão e saio, estendendo dois para os meninos.
— Não tinham troco, mas tinham picolés.
Eles hesitam por alguns segundos. Até que o amendoado, passando irresistivelmente a linguinha pelos lábios, balança os ombros e aceita a oferta. Atento ao amigo, o cacheado faz o mesmo. A sorveteria fica a um quarteirão do hotel em que estou hospedado — benesses das cidades liliputianas. Saímos caminhando e, em frente ao prédio, declaro:
— Já sei! Tenho troco no meu quarto do hotel. — Encaro os dois e, conforme me aproximo de seus rostinhos maravilhosos, falo, em tom melífluo: — Querem subir comigo? Assim, posso dar um autógrafo bem legal nos livrinhos de vocês. — E lambo com volúpia o meu picolé.
Eles se olham e balançam os ombros juntos, como se tanto fizesse. Surpreendo-me; pensei que teria de usar mais argumentos. Que teria de falar sobre os doces no frigobar, sobre as lindas histórias que tenho para contar.
Mas, não. Eis-me aqui, atravessando o hall do hotel com ambos atrás de mim, e desviando o olhar do atendente no balcão. A sorte é que tenho a chave do quarto comigo, não preciso pedi-la a ele.
No elevador, concluo meu plano. A muito custo, porque mal consigo pensar, de tão excitado. Quem diria que, durante uma viagem esdrúxula, eu receberia tal carga de assanhamento, de eletricidade erótica? Faz tempo, muito tempo que não me divirto com pré-efebos. Mal me contenho na cabeça, projetando o que poderá acontecer em alguns minutos, e dentro das calças, antecipando o mesmo. No espelho do elevador, os dois garotinhos olham para o chão.
Entramos no quarto e afofo a cama para que os dois se sentem. É o que fazem, depois de jogar os palitos em uma lixeira e depositar as mochilas no chão.
— Querem um chocolate?
Balançam juntos as cabecinhas em uma doce recusa. Noto que um deles, o amendoado, coloca a mão entre as pernas e espreme os magníficos lábios.
— Quer fazer xixi?
Noto que está encabulado.

— Não...
Respiro fundo para não voar para cima dele neste exato momento.
— Ah, pode usar o banheiro. — Passo a mão pelos seus cabelos. — Vou escrever uma dedicatória bem bonita pra você enquanto isso. — Aponto a porta do banheiro e, conforme contemplo-o caminhando para lá, enfatizo: — Limpa tudo direitinho, tá?
Viro-me para o cacheado, que se levantou da cama e olha para mim como um cãozinho perdido. Estendo minha mão como se oferecesse um osso a ele.
— Pode se sentar. — Aninho a cama mais uma vez. Olho-o firmemente até que ocupe o lugar indicado. — Já vou pegar o troco de vocês. Me dá aqui o seu livro.
Pego o exemplar, coloco-o na mesa e abro o frigobar. Preciso de algo para me sossegar os ânimos e o fluxo sanguíneo na genitália. Em um gesto vertiginoso, esvazio a primeira garrafa em miniatura que encontro, um Red Label.
No reflexo da janela à minha frente, vejo o cacheado imóvel na cama. Noto apenas sua silhueta, sem saber para onde ele olha. O uísque age rápido no meu temperamento. Mais calmo, solto o cinto e o deixo na mesa, sempre atento ao cacheado rebatido na janela. Ele não se move.
Caminho até a porta do banheiro:
— Tudo bem por aí?
— Tudo. — A voz vem pequena, em meio a gemidos de esforço.
Volto para a cama e me sento ao lado do cacheado, forçando meu corpo contra o dele. O garotinho encara o chão, e para o chão sua cabeça parece se projetar quando aperto sua coxa.
Minha mão livre vai em busca da sua; tenho uma ereção que precisa ser apaziguada. Ao encontrar-lhe a mãozinha, pressiono-a com suavidade. Devo manter a calma. Um gesto mais brusco e tudo se perderá. Acumulo alguma experiência nesse campo também. E sou recompensado: a mãozinha se mantém sob a minha, obediente.
— Você gosta de ouvir histórias? — pergunto bem perto de sua pequenina orelha, afastando os cachos dali com a língua. Ele balança a cabeça com suavidade, retraindo-se um pouco. Mas estou atento a seus lábios, que não entregam sorriso ou apreensão.
— Então vou te contar uma... — Minha mão se fecha sobre a sua.

— ...sobre cinco leitõezinhos... — Puxo-a para cima, em direção a mim. — ...que, sem querer, encontram um lobo...

Algo se move no banheiro. Levanto-me e, quando chego perto da porta, ouço o que parecem ser murmúrios. Encosto a cabeça na porta para ouvir melhor.

— Tudo bem por aí, querido?

Ele não responde. Ouço apenas sussurros agudos, que já são demais para mim. Fecho os olhos, abaixo as calças e a cueca, e começo a massagear, bem devagar, o meu pau.

— Quer uma ajudinha? — pergunto, esfregando-me na porta, arranhando-a. — Deixa o tio *entrar*.

Ele responde algo que, a princípio, não compreendo. Aos poucos, percebo que está falando, mas não entendo direito o quê.

— Fala mais alto pro tio ouvir, fala?

Então, noto que ele não está falando; está *lendo*.

Abro os olhos e miro a mesa: o livro não está mais ali. Vejo também o cacheado, que se levantou e se despiu em segundos. Está nu em frente à cama, a cabeça baixa e a boca movendo-se: ele também lê.

De repente, as vozes dos dois se fazem ouvir. Ambos falam em uníssono, vagarosamente:

"Assim como o antídoto está no veneno, o veneno está no antídoto." Reconheço um trecho dos *Hábitos*.

Afasto-me da porta, atônito:

— Como vocês fazem isso?

A leitura conjunta prossegue.

"O que bloqueia a ação nociva agora, pode acentuá-la logo após."

Ando até o cacheado e aperto-lhe a nuca com certa firmeza. Estou mais assustado do que excitado.

— Deixa isso pra lá, depois eu leio pra vocês.

Com um movimento ágil, ele se livra. A voz do amendoado, no banheiro, torna-se mais sonante: ele caminha para a porta.

"Da mesma forma, a cura de alguns..."

Sempre em uníssono monotônico, baixo.

"...é a peçonha de outros."

Aperto outra vez a nuca do cacheado, agora com mais força.

— Moleque, que truque é esse?

Forço sua cabeça de modo que olhe para mim. E, quando o encaro, solto-o num espasmo: as íris fugiram para o canto dos

olhos, na direção do livro, de uma forma que a anatomia humana não permite.
— É inevitável — completam as duas jovens vozes.
Afasto-me, repugnado, e ambos se calam. O cacheado ergue a cabeça na minha direção, mas as córneas continuam quase ocultas, fixas no livro abaixo. Ouço algo atrás de mim e me viro. O amendoado também está nu. Tem a cabeça erguida e o livro nas mãos. Seus olhos estão igualmente brancos, as córneas quase perdidas abaixo. Por um instante, sinto a excitação voltar; meu pau pulsa. Mas logo passa, o moleque me assusta. Dou um passo em sua direção quando algo se choca com violência contra a minha cabeça. Desabo no chão. Daqui, zonzo, vejo o cacheado erguendo o aparelho de telefone do quarto com as duas mãos acima da cabeça, os fios pendendo. Suas córneas seguem ocultas.
Antes que ele me atinja de novo, o amendoado desce o livro com força na minha testa. Quina da capa dura, em cheio, uma, duas vezes. No terceiro golpe, a consciência se esvai.
Quando retorna, vejo um teto. Não sei bem qual por um instante; ah, sim, o do hotel. Tento erguer os braços, mover as pernas: em vão. Estou preso à cama. Tento gritar, mas minha boca está cheia de papel. Olho para baixo e vejo o garoto negro de pé sobre a minha barriga, uma perna de cada lado do meu corpo, fitando-me. Ele rasga um pequeno pedaço do livro, amassa-o e enfia entre os meus lábios. Conforme a visão se clareia, vejo o outro logo acima da minha cabeça. Está um pouco agachado, como se fosse se sentar sobre a minha testa.
O garoto negro coloca o livro de lado e afasta um pouco mais as pernas. Então, quase que ao mesmo tempo, os dois se aliviam — o amendoado mija no meu tórax e o cacheado defeca em meu rosto. Não consigo me movimentar, não consigo fechar a boca. Sinto as substâncias sólidas e líquidas escorrerem por todos os lados. A cabeça dói muito; mas, de alguma forma, o que vejo e sinto me excita.
Percebendo-o, os dois voam na direção do meu pau. Agarram-no e, com um solavanco conjunto, puxam-no para cima. Berro surdamente. Carne e tendões se rasgam, e um calor liquefeito se junta à urina: mais um tranco e está feito. Nos poucos segundos que me restam de consciência, ouço o baque mole de algo arremessado contra a parede.

Volto agora sob um véu rubro. O garoto negro continua acima de mim, segurando um objeto metálico. Atrás dele, o branco também brande algo: percebo, então, que ambos têm cabides de arame nas mãos, desentortados. O negro abaixa o seu em direção ao meu olho e, como uma seringa, aqui o enfia. Sinto a ponta entrando até roçar-me o cérebro, sem ir além.

A visão que me sobra é logo apagada pelo outro cabide.

No escuro, estou a sós com as batidas do meu coração, cada vez mais esparsas. Sinto mãos pequenas cavando meu peito, minha pele e minha carne, chegando às minhas costelas. Ouço as vozes agudas, ofegantes, cada vez mais distantes, entoando outras palavras de meu livro:

"Como o palimpsesto em que histórias devem ser apagadas..."

E antes de se extinguirem de vez:

"...para dar lugar a outras, mais veementes."

NELLIE VAI PARA CASA[2]

Assim vai ser difícil dormir, sussurra antes de revirar-se mais uma vez na cama.

Nellie está aconchegada, a escuridão é total, mas o silêncio, não. Sua cabeça não para quieta. Ou melhor, quieta está, mas insiste em manter-se afastada do corpo já exausto de outras noites maldormidas. Na verdade, sua consciência está a alguns quilômetros dali, circulando pela casa da mãe. A casa vazia, trancada desde que a única moradora morreu meses antes. E é para tentar resgatar de lá a própria mente que Nellie verbaliza o pensamento, usando o som de sua voz como uma espécie de comando. Ela não quer estar naquele lugar.

A ordem fracassa. A mente continua na casa, vagando pelos cômodos escuros sem deter-se em nenhum. Passa pela cozinha, depois vai até a sala, sobe as escadas e espia os quartos. Nellie mais adivinha do que de fato vê, intuindo os espaços e os móveis ao redor. Chega a farejar o mofo dos carpetes que lá estavam desde muito tempo. Mas agora, sem alguém ocupando o local, o odor é mais intenso; *é o cheiro, o cheiro indiscutível da ausência*, conclui. Irritada com a clareza desse pensamento, não mais se revira, mas salta de um lado para o outro da cama, como se seu corpo gritasse: *chega!*

Só a muito custo é que a mente retorna. Por algum tempo, Nellie permanece alerta, tensa, os lábios espremidos. O que aconteceu? Como o transporte pôde ter sido tão real, tão vívido? Aos poucos, as perguntas vão se atenuando; a consciência começa enfim a se desfazer. Na janela, há somente um pedaço de trilhos azulados, tenuemente acesos. Já deve ser bem tarde, ou cedo.

E, então, mais nada.

---

[2] Conto publicado originalmente na coletânea *Mulheres vs. Monstros*, organizada por Cláudia Lemes. A história teve inspiração em *A assombração da Casa da Colina*, romance de Shirley Jackson — "Nellie" é o apelido de Eleanor Vance, a protagonista.

***

O despertador parece tocar cinco minutos depois. Nellie abre os olhos, respira fundo e mira o teto. À medida que a consciência se instala, sente-se angustiada, depois irritada. Esfrega os olhos com raiva, como se fosse empurrá-los cabeça adentro, de modo a se mutilar e ter uma desculpa para fugir das tarefas do dia. Uma interminável sequência de deveres burocráticos relativos ao inventário da mãe a espera no mundo lá fora. Insuportável.

"Se um dia você tiver uma filha, tente não morrer", ela disse alguns dias antes à amiga Olga, única pessoa a quem Nellie revelava um pouco do aborrecimento que vinha sentindo. "E, se você morrer, saiba que ela nem vai ter tempo de sentir a sua falta, tamanha é a burocracia que vem depois." Olga pareceu surpresa com a frieza da amiga em relação à morte da mãe, e Nellie desculpou-se acusando a falta de sono.

"Por que você não toma algo pra dormir?", perguntou-lhe a amiga.

"Não confio nesses medicamentos." Manteve o ar implacável e encerrou a questão.

Porém, nesta manhã em que encara o teto, ela considera a possibilidade de recorrer a algo. O corpo pesa uma tonelada, e os olhos, duas. Não apenas por conta do cansaço físico, mas também devido ao massacre que é circular mentalmente por um lugar do qual, neste exato momento, quer manter distância.

Embora alguns familiares e o advogado insistam para que ela resolva logo o que fará com o que lhe cabe da casa e daquilo que há nela — os mais próximos, inclusive, oferecendo ajuda —, Nellie não está preparada para isso. Não neste momento. Precisa reunir forças para enfrentar a contenda que acontecerá entre ela e a irmã pelos poucos bens da mãe. A convivência entre ambas jamais foi fraternal ou mesmo amigável, e ela sabe que Laura e o marido farão de tudo para arrancar-lhe o que for possível. Diante disso, perdeu a conta de quantas vezes repetiu a frase "respeitem o meu momento", enquanto tentava convencer-se de que o tempo trará o ânimo necessário para o que virá.

Mas, hoje, o tempo não ajuda. Ela salta da cama para uma rotina frenética de cartórios, certidões, autenticações e procurações que não podem esperar.

O dia e ela correm. E ainda que Nellie vá concluindo as tarefas com a frieza mecânica de uma psicopata, em certo momento acontece o que tem sido cada vez mais frequente: ela olha pela janela da sala que virou seu escritório e percebe, assustada, que o sol já desapareceu e que a pilha de tarefas só parece aumentar.
Vai acumular, mas hoje eu preciso *dormir direito.*
Irritadiça, resolve deitar-se duas horas mais cedo do que o costume. A muito custo, arrasta-se para a cama.
Alguns minutos depois, os pensamentos começam a se dissipar. *Ótimo sinal*, pensa, amaldiçoando-se no segundo seguinte por ter convocado a lucidez para chegar a essa conclusão. No entanto, o cansaço é tremendo; o raciocínio torna-se difuso. Ela fecha os olhos, expirando e gemendo para saudar a inconsciência que se aproxima.
Mas que não vem, afinal.
Em vez disso, para desespero de Nellie, seus olhos mentais abrem-se mais uma vez longe dali. Agora, no entanto, não flutuam como na noite anterior. Estão fixos em um local que logo ela reconhece ser o antigo banheiro de seu quarto na casa da mãe. Já não está tão escuro; a luz noturna atravessa a janela de vidro canelado, e o luar é refletido pela superfície irregular de azulejos.
Seu corpo na cama geme, agora de raiva.
Mais uma noite dessas eu não vou aguentar.
Aos poucos, a ira dá lugar a outro sentimento: apreensão. O banheiro está decaindo. Nada que consiga ver; apenas sentir, no fundo de si. Ela está no lugar há poucos minutos, mas logo compreende que ali o tempo é outro. Nellie assiste aos anos de abandono à frente cristalizarem-se em um breve instante.
De alguma forma, ela consegue antever a ferrugem do encanamento, da torneira e das válvulas; a infiltração no gesso do teto; a ruína das paredes, o mofo nos espelhos, as rachaduras no piso; o vidro da janela despedaçado. Tudo com nitidez assustadora, enquanto seu corpo se contorce na cama, aflito e suado.
Os olhos e os sentidos mentais seguem alertas por mais algum tempo, ao passo que o restante do corpo sucumbe. A atividade se atenua com lentidão; ainda demora para que a consciência de Nellie retorne para a matéria.
No dia seguinte, um sábado, ela se sente um pouco mais disposta. Apesar do devaneio, dormiu melhor, o corpo e os olhos já não pesam tanto. Espreguiça-se e vai ao banheiro.

Quando se senta no vaso sanitário, sente uma violenta agulhada no baixo-ventre. Com um gritinho, ela percebe que a urina sai aos poucos, em jatos curtos e muito dolorosos. Nunca passou por isso.

Caramba, uma inflamação? Uma infecção urinária? Só me faltava essa.

Seus olhos lacrimejam, em parte pela dor, em parte pelo desespero diante do possível diagnóstico. Urinar é um sufoco lancinante.

Em todo caso, consegue aliviar-se. Resolve que só irá cuidar do sintoma na segunda-feira, caso persista. Desde que o turbilhão burocrático começou a varrer os dias da semana, os sábados e domingos tornaram-se santuários de paz para Nellie. Nesses recessos, ela passou a amar o silêncio do telefone e a ausência de correspondências na caixa de correio. Então, desde que não se tratasse de uma emergência, qualquer pendência legal — e, agora, biológica — que surgisse aos finais de semana passou a ser deixada para o próximo dia útil.

Ela decide voltar para a cama, as agulhadas atenuando-se. As janelas estão fechadas, mas, a julgar pela luz acanhada que invade as frestas, o amanhecer é nublado. O ar está frio e isso basta para que Nellie resolva presentear-se com um dia inteiro em casa, talvez embaixo das cobertas. Ela tem comida na geladeira, livros na cabeceira e nenhuma vontade de encontrar quem quer que seja.

Os livros, no entanto, permanecem intocados; ela dorme por quase todo o dia. Levanta-se apenas para comer algo e ir ao banheiro, sofrendo pontadas ao urinar, agora em silêncio. *Segunda cuido disso*, relembra. Sente-se incomodada pela dor, mas está satisfeita com o tempo que terá para si até lá.

Sequer abre a janela. Quando desperta de uma das várias sonecas diurnas, surpreende-se com as frestas, que não estão mais luminosas. Anoiteceu e ela nem se importa em conferir as horas. Sente o corpo descansado, mas a mente ainda cobra um pouco mais de repouso. Feliz com a calmaria dos pensamentos, aninha-se para aguardar o breu felpudo desta noite.

Sequer chega a escurecer por completo. Algo se aproxima, vindo lá do fundo de sua alma. Um ponto, um halo veloz, como um trem que atravessa o túnel na sua direção. Quando enfim é atingida, Nellie percebe tratar-se do luar, muito mais abundante agora do que ontem. E descobre onde está: na pequena garagem da casa da mãe, a céu aberto e em frente ao carro que, de agora em diante, não será mais usado.

Se pudesse, ajoelharia e gritaria para que a tirassem dali. Mas não pode. Neste horário e neste lugar, ela já sabe que não há muito o que fazer, além de submeter-se. Agora, a visão está fixa no Chevrolet 210 que era uma das pouquíssimas paixões de sua mãe. Marta não deixava quem quer que fosse dirigi-lo e cuidava dele com um zelo que jamais dedicou a outro objeto, ou mesmo a Nellie e Laura.

Ela pensa nisso enquanto encara o veículo banhado pelo luar. Pensa também que conhece a contragosto o modelo e as especificações técnicas, tantas vezes repetidas com orgulho pela mãe. Mas a reflexão esmorece diante da ruína material, que logo se abate.

O tempo encolhe mais uma vez, e o carro sucumbe. Os olhos de Nellie acompanham a ferrugem, o pó, as folhas secas, os gravetos, os insetos mortos e a merda dos pássaros se acumulando na lataria, os pneus esvaziando, a pintura descascando.

Então, com um rompante, seus olhos mergulham no capô. Depois, vasculham o motor em um passeio exaltado pelo emaranhado metálico que ela jamais foi capaz de decifrar. Vê, peça por peça, as engrenagens se deteriorarem pela falta de uso e de cuidado, a oxidação e a corrosão devorando o que imaginava ser o único objeto de culto de sua mãe. Os efeitos do repouso diurno aniquilam-se, o corpo está agitado.

Não, droga... Não! Não quero ficar aqui!

A floresta metálica reveste-se de ocre e começa a derreter. Seus olhos escapam, enfim, mas voltam a encarar o que resta do veículo: um entulho que já não rebate a luz do luar e cujo contorno mal se distingue. Os olhos vão balançando, balançando, e os contornos vão se atenuando, até serem envolvidos pelo esquecimento.

Nellie acorda no domingo como se tivesse sido resgatada dos escombros de um desabamento: tensa, mas depois aliviada por sair do escuro. Não sabe bem o porquê. Com a exceção do deslocamento mental, não se lembra de sonhos ou de pesadelos, mas a inconsciência não fez bem. Um incômodo percorre-lhe todo o corpo e se instala abaixo da cintura. Ela apalpa as coxas, os

joelhos, as panturrilhas; dormentes. Massageia os músculos e aguarda o formigamento, que não vem.
Só que precisa urinar, então rola para fora da cama. Quando tenta firmar as pernas para se erguer, cai com força no chão. Não parece haver nada entre seu tronco e o piso; nada além de um saco frouxo de ossos frágeis e músculos enfraquecidos. Pernas e pés não lhe obedecem — uma consciência que demora a chegar, talvez atrasada pela sonolência. Mas chega, e acerta Nellie em cheio.
Ofegante, ela ergue a coxa com as duas mãos, somente para observá-la desabar. A respiração dá lugar a gemidos, depois a um choro convulsivo. A bexiga, e agora as pernas.
Não pode ser, não pode ser, não pode...
Nellie inspira e expira devagar, tentando acalmar-se. Precisa ir ao banheiro. Apoia-se na cama e, reunindo todas as forças de que é capaz, tenta levantar-se; mas apenas as coxas obedecem. Ela começa a engatinhar pelo corredor que separa seu quarto do banheiro, derramando lágrimas no caminho.
Ao chegar, ergue-se com muito esforço para sentar-se na privada. O jato vem, a dor aguda também. Mas a sensação de alívio prevalece; uma vitória ínfima, que dá a Nellie algum ânimo para voltar engatinhando, pegar o telefone ao lado da cama e discar:
— Oi, Olga, você está livre?
— Nellie, querida, o que aconteceu?
— Não sei explicar direito, mas estou com problemas.
— Como assim?
— Pra fazer xixi e pra andar.
— Fazer xixi e andar? — Nellie ouve o sorriso na voz de Olga. — Me conta, o que você anda fazendo por aí?
— Nem saí de casa. É sério, vem pra cá?
— Claro, vou me aprontar e corro praí.
Nellie desliga e ouve o estômago roncar. Ignora-o. Não iria se arrastar até a cozinha para pegar comida; isso já seria demais.
Vou esperar a Olga chegar. Ela mora perto, não vai demorar.
O pensamento da distância a leva à casa da mãe, e algo pisca no teto, para onde ela continua olhando.
Será que essas... visitas noturnas...
Sacode a cabeça. Não, não faz o menor sentido.
O interfone soa algum tempo depois. Distante, na cozinha. Com receio de verificar o estado das pernas, Nellie pega o

telefone e liga para a portaria, pedindo para que liberem a subida de Olga e para que entreguem a ela a chave reserva que sempre deixa lá. Depois, avisa-a para entrar sem tocar a campainha. Quando Olga chega, ela a chama do quarto.

— Nossa, o que aconteceu? — A amiga surpreende-se com o estado de Nellie, que explica sobre a dificuldade para urinar, depois para caminhar. Diante do espanto de Olga, ela se recusa a ser levada para um pronto-socorro. — Como assim? Você precisa de ajuda!

— Não é nada de mais — atenua Nellie. — Meu corpo deve estar sofrendo as consequências do que tenho vivido. Só me ajude a levantar.

A amiga não se move e continua encarando-a.

— Querida...

— Olga, por favor! — grita Nellie, assustando-a. Segundos depois, ela prossegue, mais conciliatória. — Te chamei aqui porque adoro sua companhia e porque preciso espairecer. Não quero sair, não agora. Mas prometo que verei isso depois.

Olga conhece a teimosia da amiga e acaba por ceder. Também sabe como ela precisa de paz. Suspira e, um tanto a contragosto, dá um sorriso sutil que sela a paz entre as duas.

Apoiando-se na amiga, Nellie avalia as pernas: sente um pouco mais de firmeza. O suficiente para, assim escorada, arrastar-se até a poltrona da sala.

A visita de Olga sopra algumas nuvens escuras para longe. Nellie sempre valorizou a sensibilidade da amiga, que sabe lê-la como ninguém. Basta uma troca de olhares para que ela evite assuntos que a incomodam, sem que seja necessário dar qualquer justificativa. Sempre apreciou também a leveza e o humor de Olga, que é capaz de fazê-la rir, não importando a gravidade da situação.

Assim sendo, neste domingo conturbado, Nellie recebe exatamente o que queria: conversa descontraída, algumas taças de vinho e um delicioso almoço. Por algumas horas, esquece-se de si mesma. Os problemas só retornam quando sente vontade de esvaziar a bexiga; precisa da ajuda da amiga para ir até o banheiro. A dor continua intensa, mas com valentia ela evita expressá-la: pretende estender o agradável momento ao máximo.

Olga parte ao final da tarde, o sol já alongando as sombras da pouca mobília da sala. Antes, ajuda a amiga a voltar para a cama.

Quase caem no trajeto, aeradas pelo vinho. Ao deitar-se, Nellie abraça-a e com voz arrastada repete que não precisa ir a lugar algum. A amiga ainda não parece muito convencida.
— Como você está? — pergunta Olga, séria.
Nellie demora algum tempo para responder.
— Confusa. Mas acho que é normal, né?
— Claro que é, perder alguém tão próximo desorienta a gente. Ainda mais da forma repentina como aconteceu. Mesmo que vocês não fossem... — Ela não completa a frase.
— Sim, desorienta bastante. — Os olhos de Nellie atravessam-na, parecem muito longe. — Mas é como se eu estivesse me aproximando de alguma coisa...
— Como assim?
O olhar dela retorna para o rosto de Olga.
— Não sei. Ainda não consigo dizer. Mas acho que vou ficar bem.
Olga suspira. Às vezes, a reserva da amiga é excessiva até para ela, mas não quer exaltá-la de novo.
— Amanhã eu volto pra te ver.
Sopra um beijo para ela e sai.
Enquanto ouve a porta se fechar, Nellie pensa no que disse, sobre a sensação de estar se aproximando de algo. Uma sensação nova, é verdade, mas ainda difusa. Mais perto do quê? Pouco depois, os olhos começam a pesar.
Esse vinho foi uma ótima uma ideia, conclui.
A sensação se enfraquece e dá lugar a pensamentos mansos, domados. Ela fecha as pálpebras devagar e não enxerga, no reverso delas, nada que a incomode.
Uma boa noite de sono e amanhã estarei normal.
A voz da mente vai diminuindo até calar-se de vez.
Quando desperta com um sobressalto, Nellie não enxerga nada. A cabeça dói e ela estica o braço para alcançar a garrafa de água, mas não a encontra. Na verdade, conforme a consciência retorna, ela não encontra mais nada. Sequer percebe o trilho luminoso na parede. Ergue a mão direita à frente dos olhos: nada também. Nem uma cintilação sequer; só o breu.
Que horas são? Procura pelo relógio-despertador no gaveteiro ao lado da cama, mas a mão afunda no vazio. Não há gaveteiro, muito menos aparelho.
Só depois de algum tempo é que Nellie se dá conta de que

está em pé, e não deitada. Ou, ainda, de que está deitada, mas na vertical. Sente-se confusa. *Onde é isso, agora?* Um halo, enfim. Uma claridade difusa, cujo foco está acima dela. Nellie olha para lá e engole um grito: algo disforme vem do alto na sua direção. Aos poucos, ela distingue uma espécie de tecido luminoso. Uma colcha ou uma tapeçaria *acesa*, com padrões estampados que ela não consegue adivinhar por conta da movimentação, aproxima-se lenta, silenciosa, flutuando como uma imensa folha seca.
Atônita, Nellie mal consegue mover-se. Fecha os olhos com força: *Estou acordada e no meu quarto, estou acordada e no meu quarto, estou acordada...* Quando volta a olhar para cima, o pano continua a cair e a cair. Está cada vez maior, e ela apenas observa enquanto é por ele coberta.
Mas o pano não a envolve. Aos poucos, tendo Nellie no centro, o tecido vai se afastando, como que soprado em todas as direções, tomando a forma de quatro paredes regulares e de um teto, até estabilizar-se. Então, percebe onde está: em seu antigo quarto na casa da mãe. De atônita, passa a assustada, porque esta vez é diferente das outras incursões. Sua mente não se deslocou sozinha: Nellie sente-se fisicamente neste lugar.
Gira e olha ao redor: tudo está como deixou quando saiu da casa, alguns anos antes. As fotos no painel de cortiça, os livros, os animais de pelúcia, alguns brinquedos que não quis jogar fora e até a caneca de estrelas que tanto amava. Também o papel de parede erva-doce, as almofadas amarelas, a colcha verde-escura na cama de solteiro, a persiana quebrada...
Nellie roda em seu próprio eixo, como um pião. Observa e sofre, porque sabe o que vem por aí — a ruína. Começa a girar cada vez mais rápido, então. E, por meio de relances, assiste ao seu quarto sucumbir: as fotos esmaecem, as pelúcias se rasgam e desfazem, o papel se desprende da parede, as almofadas, a cama e a persiana escurecem, emboloram, a caneca perde o lustro. Em poucos instantes, seu antigo quarto, antes tão colorido, está irreconhecível.
Incapaz de expressar a angústia que sente, Nellie demora a sair do cômodo. Não consegue situar-se; não é possível que esteja em seu antigo quarto, mas tampouco está no atual. Da mesma forma, sabe que não sonha. Pois há algo palpável dela ali, algo além de seus olhos mentais.

Ela para de girar e encara o que resta do cômodo: nada que lhe seja familiar. Assim permanece por um tempo impreciso, até que seus olhos e sua consciência se fecham ao mesmo tempo. Acorda antes do despertador. Não sabe onde está. Não por ter despertado de um sono profundo, mas por ser incapaz de reconhecer o próprio quarto. Nellie ainda se sente confusa, atordoada.

Tenta lembrar-se de alguma coisa, mas não consegue. Os pensamentos e as memórias embaralham-se, e ela não é capaz de ordená-los, ou mesmo de atribuir-lhes um sentido.

— Agh...

Tenta articular uma palavra, em vão.

Olha para as próprias mãos, o próprio corpo, e não os reconhece.

Sem querer, seu olhar cruza com o espelho na parede ao lado da cama.

— Ohn...

Não faz ideia do que vê ali. Arrasta-se para fora do colchão e desaba no chão mais uma vez. As pernas continuam sem obedecer ao cérebro, mas ela não dá importância a isso. Só quer aliviar-se, embora não saiba onde nem como. Não reconhece um centímetro sequer do lugar em que está. Olha ao redor aflita, atordoada, apertada, até que fica de bruços, abre as pernas e esvazia-se ali mesmo, aos pés da cama e no piso frio. Vem a dor aguda de costume, mas Nellie não se recorda de tê-la sentido antes. Também defeca, com imenso esforço.

Ao terminar, permanece parada, deitada, a expressão contraída. Não se importa com o fedor, pois não o associa a nada. O despertador começa a tocar e ela se assusta, procurando a origem do som. Apoia o corpo nas mãos e derrapa nas próprias secreções até enfim chegar ao aparelho, para o qual olha com curiosidade.

Ela faz força para entender o que tem entre as mãos imundas, isso que soa com estridência; mas não consegue. O ruído continua até que Nellie arremessa com violência o objeto contra a parede.

O silêncio agrada-a. Ela volta a se deitar no chão. Mas por pouco tempo, pois sente fome e sede. Ergue-se com os braços e começa a se arrastar pela casa. A muito custo, chega ao banheiro, apoiando-se nas louças para procurar comida.

Não encontra alimento, mas bebe com avidez a água suja da privada. Saciada a sede, ela torna a se arrastar pelos cômodos, o trajeto marcado por um rastro escuro e imundo nos azulejos claros, até que chega à cozinha. A confusão mental dá lugar à fome, e Nellie procura, fareja o que comer. Não nos armários ou na geladeira; seu nariz a leva até a pia, onde está a louça deixada por Olga. Com enorme esforço, ergue-se até ali, rosnando e gemendo conforme o faz.

Uma vez apoiada, dobra-se e começa a lamber os pratos sujos e depois a bacia da pia. Quando não encontra mais nenhum resto de alimento, o olfato a leva até a pequena lixeira ao lado do escorredor. Abre-a desajeitadamente e encontra ali os descartes da receita de Olga e outros restos de dias atrás, já tomados por insetos.

Os dedos imundos remexem cascas, nacos de carne e gordura e de todos os dejetos do que não foi utilizado, levando-os à boca. Nellie sequer mastiga o que entra por ali.

Terminada a refeição, ela se solta da pia, deslizando na companhia de um gemido de satisfação até o chão, onde se estende. Permanece assim, prostrada e saciada, por um longo tempo, a mente esvaziada da confusão de minutos atrás, até que um som metálico e áspero a atordoa.

É o interfone, fazendo o escândalo de costume. Mas Nellie não o reconhece e demora a entender de onde vem o som. Quando descobre que está a poucos metros, na parede da cozinha, alcança uma panela na pia acima de si e a ergue para arremessar na direção do ruído.

No entanto, o aparelho emudece neste exato momento. Ela baixa o utensílio devagar; da mesma forma o seu coração, antes disparado, vai se acalmando. Satisfeita e sossegada, Nellie enrodilha-se e fecha os olhos.

No escuro e às portas da inconsciência, algo parece reorganizar-se dentro de si. Aos poucos, imagens familiares *piscam* à sua frente, atiçando-lhe o interesse. As palavras ressurgem e reencontram sentidos, os sentidos restabelecem as conexões. Num instante, Nellie se sente nauseada pelo fedor, mas não é capaz de se mexer, como se sofresse de paralisia do sono.

Tampouco consegue abrir os olhos. Os pensamentos disparam frenéticos, e a muito custo ela formula uma pergunta simples: *o que está acontecendo?*

Então, algo muda. Após um segundo, os relances sucumbem e as palavras recuam diante do vácuo que começa a se formar dentro de si. Ela experimenta, de súbito, o negror total; uma escuridão desesperadora e — eis a última palavra que se apresenta antes de escapar — *ameaçadora*.

Tensa, Nellie continua sem mover um milímetro sequer do próprio corpo. Permanece na expectativa, o horror da dúvida escalando-lhe a espinha, até que reconhece o ambiente: está na casa e no quarto da mãe. Pressente algo. Não o vê, mas o adivinha ao redor. É o coração da ausência.

As palavras ressurgem: *Ai, não, não, não...*
Nada ocorre, ainda. Nada se distingue também. Mas ela sabe que está onde nunca pôde entrar, proibida pela mãe por motivos que ela jamais julgou necessário compartilhar. Quando Marta estava em casa, a filha era impedida de cruzar aquela porta; e quando ela saía, trancava-a.

De certa forma, o quarto conservava — e amplificava — o mistério que, para Nellie, sempre foi a mãe. Ela era uma incógnita, um enigma que pareceu trancar-se para a decifração do mundo após a morte do marido, quatro anos depois do nascimento de Laura, e seis após o de Nellie. Viveu o restante da vida quase como uma asceta, imersa em um misticismo que a tornou cada vez mais hostil a qualquer companhia humana.

Quanto a ela e à irmã, tiveram que cuidar de si próprias, cada uma por si. Da infância, Nellie quase não tem recordações. Um imenso vazio. Sua vida parece iniciar-se na pré-adolescência, quando ela empreende um longo processo de cura solitária que se concluiu na aurora da vida adulta. E jamais se iludiu: desde que se entende por gente, não guarda nenhuma lembrança afetuosa da relação com a mãe.

Cuidou dela por muitos anos, é verdade, mas porque não tinha para onde ir. Cuidou dela até a morte inesperada, da qual pouco ou nada se lembra. Ainda que Marta estivesse doente, o médico lhe dava esperanças. Naquele dia, Nellie estava em seu antigo quarto, lendo, quando ouviu as pancadas na parede, os sinais de que a mãe a solicitava. Depois, só a ausência, o branco; e a mãe sendo levada já sem vida para o hospital. A causa da morte havia sido uma hemorragia interna.

Nellie sabia que este momento chegaria. Agora começava a entender aquela sensação de aproximação iminente. Desde as primeiras visitas mentais, ela pressentia que, tendo morrido a guardiã, não resistiria a vasculhar sua fortaleza. Tentou calar esse pressentimento a todo custo, mas falhou. Assim, não são a ausência e a decadência que perturbam Nellie: são o alcance e a força de seus impulsos, até aqui inéditos para ela, e que a projetam rumo ao mistério.

Assusta-a também a impotência diante desse furor, a incapacidade de domar a própria mente. *Queria estar onde esteve antes e está agora, embora não quisesse querer.* Seu corpo paga o preço do duelo, talvez? Não consegue pensar direito, pois está atônita diante do desconhecido. E foi trazida até aqui pelo que desconhece em si mesma.

Mas por que não posso entrar no quarto?

Ressoa a pergunta que ela sempre repetiu ao longo da adolescência, depois na vida adulta que passou na casa. Como resposta, a mãe sempre dizia palavras evasivas, que evocavam privacidade e intimidade.

Agora, no escuro, Nellie recebe uma resposta diferente:

Hora de saber.

Perscruta ao redor; a frase não veio de si mesma. Outro pressentimento, talvez? Desses cuja origem não conseguimos identificar, mas que se sobrepõem a qualquer linha de pensamento familiar? Não tem certeza.

De qualquer forma, é o bastante para arrepiá-la, para intensificar seu medo. Longe, o corpo permanece imóvel. Mas logo começa a tremer levemente, o pescoço enchendo-se de vincos e a arcada dentária revelando-se, os dentes ralhando; lágrimas gordas desmancham os cílios de seus olhos espremidos.

O que tem aqui que eu não posso ver? O que está acontecendo comigo?

Nellie hesita.

Mãe?

Esforça-se para calar até mesmo a voz de seus pensamentos. A escuridão torna-se o silêncio, que é absoluto.

Não.

O coração dispara mais uma vez; a voz vem de si mesma, mas parece outra. Há algo dentro dela, falando dentro dela.

Sempre estive aqui, mas só agora você decidiu voltar.

Nellie não pensou ou verbalizou isso. Tenta responder, mas não é capaz. Sente as palavras vibrando no escuro ao redor e

dentro de si; é como se sua carne falasse, reverberasse em vários pontos de seu corpo: no baixo-ventre, nas pernas, nas têmporas.
Veja.
Os olhos contemplam o quarto da mãe, que surge aos poucos diante de uma luz doentia. Então, o tempo dispara: não à frente, rumo à decomposição, como antes; mas para trás, rumo à recomposição. Um a um, os objetos vão aparecendo, trêmulos e fantasmagóricos. O mancebo no qual descansam chapéus, o aparador com a luminária verde, a penteadeira e o imenso guarda-roupas, ambos de madeira escura, ambos intimidadores.
E a cama.
Os olhos de Nellie detêm-se nela até que algo surge no colchão. Uma forma indefinida, mas que vai ganhando contornos. A massa se distingue e se divide: são dois corpos na cama. Um deles é de uma mulher, com um objeto estreito nas mãos, e o outro corpo é menor, provavelmente de uma criança. A mulher está em cima dela, imobilizando-a.
Horrorizados, os olhos de Nellie desviam-se num espasmo.
Mas o ranger da cama os traz de volta. O rosto da criança vem e vai, vem e vai, até que os olhinhos se fixam nos de Nellie, que neles se reconhece.
Então, num movimento súbito, ela se projeta na direção daquele pequeno corpo. Dotado de força desmedida, desvencilha-se da mulher, derruba-a na cama e sufoca-lhe o rosto com um travesseiro. Mantém-no ali por muito tempo ainda depois que ela parou de se mover.
Quando retira o travesseiro, Nellie encara o rosto macilento da mãe, os olhos já mortos e a boca distorcida. A mesma expressão que viu alguns meses atrás, surgindo entre as suas coxas.
Nós conseguimos.
A mente retorna ao corpo, mas ela já não consegue pensar no que quer que seja; somente sentir. E sente a carne estrebuchar, o rosto azulado como se submetido a um torniquete, os dentes despedaçando-se por violentos entrechoques. Os braços se agitam, arranhando o piso frio da cozinha até as unhas se destacarem da carne sangrenta dos dedos. As pernas voltam a se mover e chutam o ar com fúria. Entre os baques causados pelo choque de pernas e braços, escapa um estrondo ao fundo — depois outro.
Um terceiro estampido soa, e a porta da casa abre-se com

violência. Por ela, entram dois policiais e Olga, que vão até a cozinha. Encontram Nellie se debatendo em um dos cantos. Ela dá violentas cabeçadas contra a parede e grita o que parece ser uma confissão: "Morta, a puta! Morta! Acabamos com ela!"

Olga e os policiais recuam. A figura alucinada e sangrenta que está diante deles não parece enxergá-los; mas não é isso o que os aterroriza, e sim os gritos.

Apurando os ouvidos, os três reconhecem uma voz de mulher, ainda que gutural. Só que também ouvem outra, mais aguda, vinda não se sabe de onde.

DEPOIS DA BRISA

SE TIVESSEM ME falado que seria tão extraordinário assim, eu não acreditaria. De jeito nenhum. Não consigo dizer o que esperava da viagem, mas não era nada igual a isso. Sabia que paisagens esplendorosas me aguardavam, que fumaria erva de primeira qualidade, que ouviria *reggae* do bom sem parar e que conheceria pessoas interessantes. Mas jamais suspeitei que minhas expectativas seriam tão magnificamente superadas.

O fato é que estou nas nuvens. Pode soar como clichê, mas é como me sinto neste momento, que já dura alguns dias. Quatro, para ser mais exata. Desde que, naquela manhã de 31 de dezembro, sentada na varanda do hotel em Ocho Rios — e já tendo superado o asco inicial que as instalações puídas causaram em mim —, enquanto meu café esfriava porque não conseguia me mover de tão absorta que estava pela paisagem, uma voz pinçou-me do devaneio:

— Aquilo é um casamento?

A pergunta veio de uma mulher alta e bronzeada, de cabelos curtos e cacheados, bem escuros. Ela estava de costas, apoiada à sacada, olhando para a plataforma circular que se desprendia da orla do hotel e se projetava no Caribe.

Ao redor, espalhados pelo quadrante marítimo, catamarãs dormiam nas águas ainda prateadas. Subiam e desciam insuflados pela maré e pela brisa — sim, a brisa que parecia soprar sem interrupção pela ilha desde que cheguei. Era cedo, os passeios turísticos demorariam a começar.

Detive-me na mulher, apreciando sua beleza. Então olhei para a plataforma a muitos metros de distância, forçando a vista: cinco pessoas estavam por ali. Com o *zoom* da câmera de meu celular, notei também que, de fato, um casal postava-se diante de um homem trajado com sóbrios paramentos religiosos. Atrás do trio, duas pessoas. Testemunhas, talvez.

— Sim, acho que é um casamento. Meio cedo para alguém se casar, não?

Ela riu; foram as primeiras palavras que trocamos. As primeiras das milhares que vieram a seguir, fluindo com certa timidez, no começo, mas torrenciais logo depois. Descobri ser marroquina e chamar-se Nour, que ela me disse significar "a luz", em árabe. Assim, com artigo definido mesmo.

Que encontro... Já no segundo café que tomamos juntas, naquela mesma manhã, foram vários os pequenos intervalos atônitos de ambas diante de tantas afinidades descobertas. A mesma idade, o mesmo signo, o mesmo amor pela liberdade, o mesmo desprendimento e o mesmo interesse pelo acaso. Assim como eu, Nour viaja sozinha pela Jamaica. Está aqui há mais tempo: duas semanas, enquanto estou há uma. Mesmo assim, tivemos muitas experiências a trocar, sobretudo em relação ao espanto de familiares e amigos que não souberam lidar com o fato de que duas mulheres poderiam, sim, viajar sozinhas por um país supostamente tão perigoso.

Depois daquele café, não nos separamos mais. Convidei-a para ir a Mahogany Beach, minha praia preferida em Ocho Rios — embora minúscula, é muito mais vibrante do que a *exclusiva* e insípida Bamboo Beach, onde até a brisa parece mais acanhada.

Nour ainda não conhecia a pequena praia e a adorou. No caminho até lá, descobrimos outra afinidade, talvez a mais importante, dado o contexto: o gosto pela *ganja*, pela querida *kaya* de Bob Marley. Ela é fissurada pela erva. Legítima *gourmande*, assumiu imediatamente a responsabilidade pela triagem de nossas aquisições, farejando e avaliando com cuidado o material que os jamaicanos, a todo momento, vinham nos oferecer:

— *The good stuff, mon!* — diziam os vendedores.

Cabia — e cabe — a mim triturar a *good stuff* para acomodá-la ora na seda, *a la* marroquina, ora no cachimbinho com motivos rastafári esculpidos em madeira que adquiri no meu primeiro dia. Papéis bem definidos desde o começo: sinais promissores para o que poderia vir depois.

E veio rápido. Naquele mesmo dia, de volta da praia e ao suave cair da noite, na varanda do meu quarto e diante do testemunho solitário dos catamarãs que já repousavam de suas jornadas, agarramo-nos com vontade e volúpia. Estávamos chapadas e gloriosamente bêbadas; mas, quanto a mim, sei que não me esquecerei do momento em que meus lábios tocaram os dela, os cremosos lábios dela.

Poderíamos até tê-lo feito antes, é verdade. Mas um casal de amigos havia me alertado sobre os riscos enfrentados por homossexuais na Jamaica. Eles passaram pela ilha durante um cruzeiro e recomendaram uma dose extra de cautela, porque gays e lésbicas não costumam ser bem aceitos por aqui — mesmo os *rastas* não nos veem com bons olhos. E Nour compartilhava dessa impressão. A ela, os amigos também haviam recomendado moderação.

Trocamos essas e muitas outras confidências enlaçadas na cama, sob o ronronar refrescante do ar-condicionado. Nour é bissexual, mas fazia tempo que não ficava com uma mulher — o que ela me contou em voz baixa, na noite estrelada de Ocho Rios. Por outro lado, confessou também que, ao perceber nossas afinidades ao longo daquele dia, não pôde resistir à "coisinha pequena e charmosa que eu era".

De fato, ela é bem mais alta do que eu. É deslumbrante também: além dos lábios cremosos e dos olhos acesos, lembro-me de como, mesmo no escuro, não me cansei de admirar suas longas pernas enoveladas nas minhas, ainda abrasadas pelo sol daquele dia inesquecível.

Outros três lindos dias sucederam-se, durante os quais nos vimos cada vez mais perplexas diante da química que se estabeleceu entre nós. Fumávamos, bebíamos (garrafinhas e mais garrafinhas de Red Stripe, a cerveja local, além de vodca com água tônica e uma rodela de limão, sempre a pedido de Nour) e conversávamos sem parar. O único percalço era resistir à vontade de nos agarrarmos em público.

No dia primeiro de janeiro, ela me convidou para acompanhá-la de volta a Negril, na ponta oeste da ilha, onde passara algum tempo antes de ir a Ocho Rios. Nour mantinha um quarto de hotel reservado na cidade, e eu seria muito bem-vinda lá. Aceitei sem hesitar. Já estava saturada de viajar sozinha, suplicando ao universo por companhia, e acredito que ela também.

De modo que cá estamos, estiradas nas espreguiçadeiras e de Red Stripe nas mãos, compartilhando o cachimbinho, a magnífica vista para Seven Mile Beach e um raro silêncio. O calor é atenuado pela brisa, que aqui passeia à vontade. Não tenho dúvida de que os lábios de Nour abrem-se em um sorriso igual ao meu: pleno e chapado, claro, o que denunciam também os nossos olhos semicerrados. Fecho os meus e, com um arroubo, estico minha mão para tocar a de Nour; e assim ficamos. Até que uma sombra encobre a luz.

— *Want som'weed?*[3] — Recolho meu braço num susto e abro os olhos. Contra o sol, uma enorme figura se ergue. Está imóvel e tem a mão em formato de concha estendida na nossa direção. Nela, noto pedaços da planta já triturada. Agradecemos e dizemos que estamos bem servidas de *ganja* pelo momento, que talvez mais tarde. Mas a figura continua estática; parece não entender nossa resposta.

Nour sorri gentilmente e repete que não precisa, obrigada. Então o homenzarrão abre o sorriso solar ao qual já estamos acostumadas. Chama-me a atenção o fato de que sua boca se parece com um tabuleiro de xadrez: dentes intercalados por buracos, nos quais a língua se espreme, como se estivesse enjaulada.

— *Yah, mon.*

É o que ele responde e sai claudicando pela praia, como um dos vários *zumbis felizes* que existem por aqui: homens cuja idade é indefinível, mas com certeza avançada, de caminhar endurecido apesar da ótima forma, e com nomes ingleses à moda antiga, como Clive, Percy ou Blake, a distribuírem por todos os lados um inesgotável suprimento de *yah, mons.*

Durante o almoço, descobrimos que o nome da estranha figura é Frasier e que ele faz bicos no restaurante local. Enquanto ajuda a nos servir, Frasier começa a balbuciar, e a simpática garçonete traduz: não gostaríamos de ouvir umas boas bandas de *reggae* hoje à noite? A moça continua como intérprete, pois o *patois*[4] de Frasier é ininteligível. Ela explica: um bar a pouco mais de um quilômetro daqui vai abrigar um festival, e ele se oferece para nos acompanhar até lá.

Dou um longo trago no baseado, olho para Nour e depois para ele: sempre estático à nossa frente, o sorriso de língua enjaulada maior do que nunca — uma grande lesma rosa que vai e vem, vai e vem. A imagem é hilária e não contenho uma gargalhada, ecoada por Nour.

Tentamos explicar para eles do que rimos, mas é em vão. E Frasier continua imóvel, aguardando uma resposta. Como

---

[3] No dialeto local: "Quer um pouco de maconha?"

[4] Patois ou patoá: língua crioula de base inglesa falada primariamente na Jamaica e pelos integrantes da diáspora jamaicana.

nenhuma de nós foi a um show de *reggae* até então, concluímos, tentando segurar o riso, que parece uma boa pedida. E ter a companhia de um nativo talvez seja prudente. Topamos e combinamos de encontrar Frasier por volta das dez da noite, depois de ele largar o batente. O zumbi feliz parte e desatamos a rir, só parando quando a garçonete chega com os nossos pratos.

Sirvo-me com apetite, extasiada pela lagosta grelhada à minha frente. A fome provocada pelo fumo também ajuda. Já Nour aprecia com menos prazer seu *escovitch fish*, prato típico de peixe frito coberto por legumes levemente açucarados e apimentados. Mas não temos pressa, e o sol tampouco. Vai deslizando bem devagar para dentro do mar, estendendo as sombras pela areia ainda branca e quente, enquanto a brisa acaricia a praia — e a nós. Perco-me entre mastigar e contemplar, e sinto meus olhos marejarem. Não me lembro de ter sido, ou de ter me sentido, tão feliz.

Após o almoço, ou quase um jantar, voltamos para o hotel e nos preparamos para a noite, que acabou de se instalar na ilha. Mas sem pressa, já que não resisto a Nour enrolada na toalha e perfumada, recém-saída do banho.

A nossa moderação em espaços públicos tem lá seus encantos. Porque, sendo assim, nosso sexo é mais urgente, mais *merecido*. Sim: sempre que a oportunidade surge, merecemos abrir com força as comportas da represa que, durante o dia, quase transborda nesta ilha tão sensual. Para o momento, chupá-la me basta: gozo muito ao me tocar, uma, duas, três vezes. Gozo enquanto ouço seus gemidos graves, depois ao sentir seu corpo tremelicar, e por fim diante de seu olhar suplicante, como se pedisse piedade.

A seguir, rolo para o lado da cama — vazando, ainda, mas plena. Encosto-me nela, acariciando-lhe os cabelos e dando-lhe beijinhos esparsos no ombro ainda quente do sol e do sexo. Entre o sono e a vigília, miro a porta de vidro que leva à varanda: entreaberta, está coberta por uma cortina que mal filtra as luzes de fora e balança ao sopro da brisa noturna. Aos poucos, assoma ali uma forma escurecida, como se saída de um teatro de sombras. Uma silhueta, talvez, mas afastada. Nour ressona e eu me ergo forçando a vista: a mancha evanesce.

Fico em silêncio por não sei bem quanto tempo, pensando no quanto havia bebido e fumado. Até que uma tênue estrela branca se acende do outro lado da cama.

Nour olha para o celular e salta:
— Dez e meia! O pobre do Frasier já deve estar nos esperando faz meia hora...
Terminamos de nos arrumar e saímos. Por sorte, o restaurante fica na frente do hotel; basta atravessarmos a rodovia beira-mar que cruza Negril e lá estaremos.
No caminho, Nour lembra que só temos mais um baseado. É pouco para a noite que vem por aí.
— O Frasier deve ter. Ou arranjamos lá no bar, sem problema — tranquilizei-a.
Chegamos à praia aos saltinhos, resistindo à tentação de nos darmos as mãos. Nour acendeu nosso último *beck*, que agora levo aos lábios. À frente, a paisagem é esfumaçada e curiosa: nosso zumbi feliz está sentado em um banco de balanço improvisado com cordas presas à viga que sustenta o telhado do restaurante. Balança devagar e parece tirar uma soneca. Ao redor, mesas espalhadas pela areia. Estão quase todas vazias, mas as velas em cada uma delas compõem uma constelação minúscula e encantadora.
Começo a rir de novo enquanto Nour cutuca Frasier, empolgada.
— Frasier, meu querido zumbi feliz!
Ele abre os olhos devagar e depois o sorriso de língua enjaulada, que vai e vem. Parece não entender nada. Mas, quando se ergue, meu sorriso vai embora; tenho a sorrateira impressão de que está maior, mais alto do que hoje à tarde. Pouco, mas ainda assim. Estou olimpicamente chapada, sem dúvida.
Em voz grave, lá do alto, Frasier emite um grunhido que entendemos ser a ordem de comando para partirmos. Com gestos, perguntamos se podemos caminhar pela praia até o bar:
— *Yah, mon.* — Esta parte é fácil de entender.
Saímos os três, aos poucos nos afastando da pequena constelação de velas e avançando na faixa escura da noite. A luz elétrica chega débil, vinda de postes afastados, lá para os lados da rodovia. A praia está vazia e o céu também, nublado. Curioso... É a primeira noite sem estrelas que presencio na Jamaica. Pelo menos a brisa, tão bem-vinda após o dia escaldante, continua passeando por aqui.
Logo percebo, porém, que não estamos totalmente desacompanhadas de estrelas: há uma aqui embaixo, pequenina e avermelhada. Ela dança à nossa frente, passando da minha mão à de

Nour. E quando falo da brasa estelar à minha companheira, desatamos a rir mais uma vez. Ela oferece o baseado a Frasier, que o recusa com um aceno preguiçoso. Continuamos fumando enquanto avançamos devagar, no ritmo do zumbi feliz, ora caminhando, ora dando saltinhos displicentes até a maré adormecida, só para ter o prazer de ouvir o chapinhar de nossos pés na água. Mas logo a minúscula estrela se apaga e é arremessada na areia. Vejo a silhueta de Nour dar de ombros. Seguimos caminhando por algum tempo em silêncio.

Aos poucos, a brisa também vai se atenuando, até extinguir-se por completo. Em seu lugar, instala-se um incômodo, um desassossego. Eu estranho essa sensação, tão invulgar aqui na ilha: ainda mais do que o céu vazio, essa imobilidade me parece inapropriada.

— Não estou ouvindo *reggae* nenhum — digo, inquieta. De fato, nada há além do chapinhar e da fauna noturna. Parece que andamos há séculos. Também demonstrando impaciência, Nour pergunta a Frasier sobre o destino.

Mais uma vez ele parece não ouvir.

— *Nuh stars tenight*[5] — afirma, esticando para o alto um braço endurecido e mais escuro que a noite. Logo depois ele arreganha os dentes e a língua enjaulada, mas já não consigo rir. Olho adiante e não vejo nada além da faixa esmaecida da praia.

— É, nenhuma estrela — repito. O incômodo dá lugar a certa irritação.

Nour pergunta, então, se ele tem um baseado. Pelo tom de voz, percebo que também está incomodada, ou mesmo contrariada. Frasier para de caminhar e vira-se para ela, muito alto, as escleras brancas e os dentes expostos. Ele grunhe algo e ela repete a pergunta em um tom exaltado, que eu ainda não conhecia:

— Maconha! Você tem maconha?

Toco-a e sussurro para que se acalme, mas ela me repele com um gesto algo violento. Fico surpresa.

Frasier olha-a por alguns segundos e, com um movimento rápido das mãos, começa a massagear-lhe os ombros. Antes que eu possa intervir, Nour se sacode. E logo depois desata a rir — para meu alívio. Ela está apenas nervosa, assim como eu, e de repente descobre que, além de guia, nosso amigo é massagista. Começo

---
[5] "Não há estrelas nesta noite."

a rir também, posicionando-me logo atrás de Nour e lembrando que sou a próxima.
O sorriso de Frasier, no entanto, apaga-se. Ele continua postado em frente a Nour, que parece não ter percebido sua sisudez e ainda sacoleja. As mãos voltam aos ombros da minha companheira, desta vez apertando-os com força. Ela passa a gemer de dor e pede para ele ir com calma, porque o sol de seu lindo país não é lá muito clemente.
Mas não preciso distinguir a expressão de Frasier para perceber que ela não muda. A quietude noturna agora não me parece mais inapropriada; parece-me *perigosa*. Procuro avaliar melhor esta impressão, e logo percebo: após dias flanando na estratosfera, sinto-me lúcida. Vertiginosamente lúcida. E me dou conta de que algumas decisões desta noite talvez não tenham sido as mais sensatas. Também tenho a impressão de que não estamos sozinhos, nós três. Mas não há tempo para refletir. Nour passa a reclamar de dor, cada vez mais alto.
— Solta ela, Frasier! — grito. Ele sequer pisca, as escleras cada vez mais acesas. Os gemidos de Nour transformam-se em berros. Puxo com violência os braços do homem, que mal balançam: parecem feitos de pedra. Na silhueta do rosto, somente dois pares de traços brancos — as pupilas se dilatam até encobrirem as escleras quase que totalmente, transformando-as em pequenas presas. Os olhos de Frasier são como duas bocas ferozes abertas. E, por um momento, ele todo parece *crescer* ainda mais; já era um tanto mais alto do que Nour, mas a massa de sombra torna-se maior.
Parece, não; ele cresce, de fato. E, conforme se ergue, começa a baixar os braços, inclinando-se, forçando Nour a ajoelhar-se. Temo pelo que vem a seguir. Os gritos dela, alucinados, silenciam grilos, sapos e outros animais ao redor. Eu chuto e esmurro Frasier, pendurando-me nas vigas que se tornaram seus braços, mas só machuco a mim mesma. Meus gestos revelam desespero, e um desespero que só se justifica pela paixão. Não consigo mais reprimir o que quer que seja.
Mas acabo por afastar-me. Então ele olha para mim, avaliando minha reação. A boca se abre devagar, mas desta vez não em um sorriso. Tampouco vejo os dentes de tabuleiro.

— *Yuh... a nah welcum here*[6]. — Ouço-o dizer numa voz cavernosa, subterrânea, que parece vir de todos os lados. Olho ao redor e vislumbro o que parecem sombras, manchas mais escuras que o céu. Estão aproximando-se.

À minha frente, Frasier continua amplificando-se, enquanto força Nour contra a areia. Volto a esmurrá-lo, mas ele sequer parece sentir: segue inclinado na direção do corpo de minha companheira, que agora se arqueia de costas.

Mesmo no escuro, com lágrimas borrando-me a visão, acompanho a torsão até quando sou capaz. Penso em fugir, mas não consigo; quero, *preciso* ajudá-la de alguma forma. Vasculho ao redor em busca de uma pedra, um pedaço de pau, mas não consigo distinguir nada. A única fonte de luz está à frente, irradiando das escleras de Frasier, fixas como ribaltas na minha querida marroquina.

Seus berros já transcendem qualquer expressão ou sentimento; são pré-humanos, gorgolejos. No momento em que ouço o primeiro fragor dos ossos, fecho os olhos, imobilizada. Após um baque molhado e um novo jorro de dor, abro-os involuntariamente. E vejo, dobrado pelas costas, o corpo de Nour transformado em um V invertido, espasmódico, com a espinha partida. Ao redor, a faixa branca de areia é devorada pelo halo negro que escorre dali.

Dou meia-volta e enfim disparo por onde acredito que viemos. Mas não vejo nada adiante, nem à distância. Nenhuma luz à direita ou em lugar algum; tampouco há sons — a fauna noturna permanece calada. Negril desapareceu, assim como a Jamaica ao redor. Há somente a maldita aragem, e a impressão, cada vez mais latente, de que algo se aproxima. À esquerda e acima, o céu e o mar não se distinguem, abraçando-se na mesma ausência.

Paro de caminhar, aturdida; atrás de mim, o que resta de Nour já não grita, geme ou sequer gorgoleja. Recuso-me a olhar, mas agora sei que não devia estar aqui. Chego a cogitar uma *bad trip*, um delírio causado pelo uso excessivo de maconha — ou talvez pela abstinência. Mas logo a especulação perde o sentido: é tudo insuportavelmente real.

E assim fico, sem saber o que fazer ou para onde ir. À frente, outros pares de fendas pálidas se abrem lá no alto. Duas, quatro,

---

[6] "Vocês não são bem-vindas aqui."

seis, oito... várias surgindo ao meu redor, a poucos metros de altura. Escleras? Talvez, mas aproximam-se até se tornarem imensas. Desta vez sóbria e lúcida, não duvido do que tudo isto signifique: julgamento.

São olhos tremendos e punitivos que chegam mais perto, mais perto. Vêm com o mesmo rumor subterrâneo de antes — porém muito mais intenso agora, até cercarem-me. De súbito, vejo-me em uma espécie de jaula, as escleras como enormes barras luminosas e curvas por todos os lados. Não me movo, não tenho para onde ir.

Então, uma consciência ainda mais atroz se impõe: o julgamento já ocorreu faz algum tempo. As testemunhas foram a sombra furtiva na janela do nosso quarto, além do próprio Frasier ao nos abordar na praia, encobrindo o sol. Mas não faço ideia de que tipo de tribunal seja este.

Sequer tenho tempo de especular, pois tudo começa a vibrar. Logo à frente, algo gigantesco projeta-se contra as barras; o som é viscoso e mole, mas o movimento é poderoso. Recuo até quase encostar nas "grades" atrás de mim, mas não ouso fazê-lo. Não sou capaz.

Observo com mais cuidado: um titã parece se chocar contra as barras à frente. A julgar pela cadência do movimento, é um corpo gigantesco que tenta abrir caminho por ali, causando um ruído tão assustador quanto a maldita quietude, a ausência, o calar da brisa.

Retrocedo até encostar em uma das fendas atrás: mal sinto a textura viscosa, viro-me e essa fenda desaparece. Tento sair por aqui, mas a superfície gelatinosa me impede, elástica. Esmurro-a, sem sucesso. E percebo que todas as barras curvas mais próximas a mim se ausentam, à medida que as outras imediatamente aos seus lados crescem: no escuro, intuo as pupilas imensas fixas em mim, condenatórias. Começo a gritar, mesmo sabendo que de nada adiantará.

Do outro lado, o som torna-se mais próximo, até concluir-se em um estrondo final. O que quer que venha por ali conseguiu abrir seu caminho. Em um instante, contemplo um gigantesco cilindro flácido e reluzente aproximando-se, como se farejasse. Alcança-me depois de alguns segundos e me envolve o corpo com violência, esmagando-me por todos os lados até faltarem-me a voz e a respiração. Mas, quando me puxa para fora daqui, continuo viva.

O GATO NO VÁCUO[7]

ÁLVARO SEGURA O rosto de Sílvia bem próximo ao seu. Olha-a com intensidade e permanece dentro dela, imóvel, para certificar-se de que nada de si será desperdiçado. Então, projeta a cintura para a frente uma última vez. Fica assim por algum tempo, até que a beija e desliza de cima dela para o lado da cama.

Sílvia solta o ar ronronando, daquele jeito que o marido tanto ama.

— Al, você é meu amor — diz ela, aninhando-se no ombro dele. — E também é um tesão.

O marido sorri.

— Se depender desta noite, acho que vai.

Ela o beija no pescoço.

— Mesmo que não vá, podemos continuar tentando. De noite, de manhã, de tarde... Por mim, numa boa.

Os dois riem. Sentem-se esvaziados e confiantes. Do calendário à posição mais adequada, seguiram com rigor as orientações da dra. Derci, a ginecologista de Sílvia. Assim, esperançosos, recebem o sono da mesma forma que chegaram ao orgasmo: juntos.

Dias depois, no entanto, vem a frustração. Álvaro está preparando o jantar quando o ruído da chave na porta de casa, abrupto, o alarma. Sílvia aparece na cozinha, a expressão pesarosa. Ela não precisa comunicá-lo do que aconteceu, da menstruação que chegou.

O marido devolve a uma travessa o bife que colocaria na frigideira. Não consegue esconder a decepção. Perdeu a conta de quantas vezes haviam tentado engravidar.

— Acho melhor fazermos os exames pra descobrir de uma vez o que acontece — lança ele, que sabe que o assunto é delicado. Sílvia balança a cabeça, concordando, e segue em direção ao quarto.

---

[7] Conto publicado originalmente na coletânea *Galeria Clarke de Suspense e Mistério*, da editora Wish.

Ambos temiam esse momento de revelação. Quase nunca conversavam sobre a possibilidade, embora cada um, no íntimo, a cogitasse. Na verdade, Sílvia, médica anestesista, até suspeitava do diagnóstico. Nos últimos meses, vinha lendo artigos sobre infertilidade masculina e feminina, e cruzou as informações científicas com características de ambos. Mas não comentou nada com o marido, para não o preocupar sem necessidade.

Dias depois, estão na sala de espera da dra. Derci, que os chamou para comunicar os resultados. Cuidadosa como sempre, a ginecologista conduziu os procedimentos de Sílvia; Álvaro foi submetido a um colega urologista dela, que solicitou o espermograma e a dosagem hormonal.

São chamados pela secretária e, assim que entram na sala, antecipam o diagnóstico. Costumeiramente brincalhona, a ginecologista tem a expressão grave, pois conhece como ninguém o desejo do casal. Em silêncio, ambos ouvem o diagnóstico: os exames de Sílvia revelaram uma disfunção rara na ovulação, que por algum fator inexplicável não aparecera em análises anteriores. A anomalia a impede de conceber. Já a condição de Álvaro é normal.

Esforçando-se para parecer otimista, a ginecologista passa a apresentar algumas opções. Mas nenhum dos dois quer ouvi-las, não naquele momento. O marido agradece com um aceno de cabeça e se despede, levando Sílvia, aturdida, pelo braço.

Para ele, não faz diferença; não importa quem seja infértil. O sonho sempre foi de ambos, cultivado por ambos. Um projeto antecipado em cada amoroso detalhe com igual intensidade pelo casal. Tanto ele quanto Sílvia queriam um menino, e com frequência imaginavam juntos seu rostinho — dela, a criança teria o olhar felino e os cabelos cacheados; dele, o nariz e a boca bem desenhados. Fantasiavam também com seu quartinho, os amiguinhos que teria, as viagens em família, as namoradas — ou namorados, cogitavam sem melindres —, a profissão. Sonhavam em dueto, em jogral; um completava o pensamento do outro com uma naturalidade que sempre os surpreendia.

Mas sonho e fantasias foram implodidos. Álvaro logo compreende que cabe a ele recolher os escombros que vão se amontoar em maior quantidade sobre a esposa. Precisa cuidar dela para que à dor causada pela notícia não se some também a culpa. Ele próprio está devastado, mas o senso de dever se impõe. Avalia

que ocupar-se com a incumbência pode também ajudá-lo a se curar.
Álvaro reflete sobre a situação enquanto corre pela avenida Sumaré, na zona oeste de São Paulo. É seu ritual de todo domingo: percorrer os quase quatro quilômetros de extensão da via, que nesses dias fica fechada para veículos. O céu está baixo e carrancudo, a temperatura é amena. Sílvia costuma acompanhá-lo de bicicleta, mas preferiu ficar em casa.
Tem sido assim. Como ele antecipou, a esposa anda apática, quase não sai. Pediu licença de um mês do hospital em que trabalha — um colega psiquiatra emitiu o diagnóstico de depressão. Álvaro não duvida disso e vem tentando, ele mesmo, reduzir a agenda de trabalho para cuidar dela.
À medida que diminui o ritmo da corrida, pensa em levar algum presentinho para Sílvia. Sempre funcionaram, essas pequenas surpresas cotidianas. Ao longe, no estacionamento de uma grande imobiliária, avista um agrupamento de pessoas ao redor do que parecem ser gaiolas.
Antes mesmo de entender o que se passa, a ideia o atinge. Um pensamento poderoso, que se antecipa aos demais, corriqueiros, e que os subjuga por completo. Ali acontece uma pequena feira de adoção de animais. Quando Álvaro dá por si, está olhando fixamente para uma gaiola. Nela, há um gato negro que lhe devolve o olhar.
Correndo até lá, ele pergunta sobre o animal. A veterinária responsável, uma simpática senhora, informa-o de que se chama Plutão, tem cerca de um ano e tomou todas as vacinas. Rindo, ela explica que dera o nome em alusão ao planeta-anão, uma vez que aquele é o menor dos gatos que ela mantém na clínica. Então, em tom sério, a veterinária conta que Plutão foi resgatado de um "lugar horrível", nas vésperas de uma sexta-feira treze; certamente seria sacrificado.
As informações bastam para convencer Álvaro. Sílvia ama animais e sempre pediu para que tivessem um. Mas o marido jamais se empolgou com a ideia.
Não foi sempre assim. Até o final da adolescência, Álvaro adorava bichos. Pelo menos até os dezoito anos, quando testemunhou Athos, seu Weimaraner de estimação, ser atropelado e morto perto da casa de seus pais, por um veículo que passou em alta velocidade na contramão.

Desde então, havia criado uma espécie de bloqueio. Mas acaba de se convencer de que deve rompê-lo. O gatinho olha suplicante para ele e é mesmo adorável. Comoveu-o, também, a história dramática contada pela mulher: tendo sido salvo, o animal poderia ajudar a salvar a esposa.

Depois de dar detalhes sobre a ampla casa em que o gatinho irá morar e de ouvir a aprovação da veterinária, Álvaro assina o termo de adoção e compra uma caixa de transporte, além de ração. Despede-se da mulher e caminha o mais rápido que pode, acossado pela vontade de encontrar a esposa. Plutão vai dentro da caixa em silêncio.

Quando chega em casa, encontra Sílvia enrodilhada no sofá. Parece dormir. Álvaro caminha sorrateiro, coloca a caixa aos pés do móvel e abre a portinhola. Plutão começa a miar baixinho, o que a acorda. Ela parece não entender o que acontece, mas logo sua expressão se ilumina.

— Al, o que é isso?!

— *Isso* é o Plutão. Nosso Plutão. — Sorri para a esposa.

Sílvia estende a mão para o bichano dentro da caixa. Espera que ele a fareje, que a conheça, e então, com cuidado, retira-o dali e o aninha.

— É lindo! Tão pequeno...

Permanece em silêncio com o gato no colo, acariciando-o. Segundos depois, começa a engolir saliva bem devagar; é como ela expressa estar emocionada. Os olhos logo acompanham o gesto, marejando-se. Sílvia olha para Álvaro e sorri para ele, pela primeira vez em dias.

A primeira semana com Plutão foi animadora. O gato é afável, adaptou-se logo à nova casa e retribui o carinho que recebe. Interage com o casal por meio de roçadas, lambidas e ronronadas.

Sílvia, em particular, afeiçoou-se imensamente a ele. Parece se esquecer de todo o resto quando está com o animal, até mesmo do marido. Álvaro não dá muita importância; sente-se aliviado, pois temia que a esposa submergisse em uma depressão mais profunda. O sombrio assunto da infertilidade foi deixado de lado.

Dez dias depois da chegada de Plutão, em uma segunda-feira bem cedo, Álvaro está preparando o café da manhã, sonolento — ele e a esposa revezam-se a cada dia nessa tarefa. Mas as torradas estão esfriando, e nada de ela aparecer. São sete e doze;

Sílvia já deveria estar de pé há pelo menos meia hora. Arrastando os chinelos, Álvaro atravessa o corredor que une a copa ao quarto da casa térrea e se surpreende ao encontrá-lo ainda na penumbra. A esposa dorme enroscada em si mesma, tendo Plutão aos seus pés. O gato ergue a cabeça ao perceber a entrada de Álvaro.

— Meu bem, você vai se atrasar... — diz ele, afetuoso.

— Não vou trabalhar hoje — responde Sílvia com um muxoxo, a voz encharcada de sono.

— Como? Você não tem que voltar?

— Já falei com o pessoal. — Boceja. — Tirei mais uns dias.

— E nem me avisou?

— Tá tudo bem, falei com o psiquiatra.

Álvaro sente-se confuso.

— Mas por que você não conversou comigo? — A voz dele sai mais forte, alarmando Plutão. Sílvia se apoia nos cotovelos e dispara, mais alto ainda:

— Álvaro, não é nada de mais! Só uns dias, não descansei o bastante. Me deixa dormir, por favor? — Vira-se para o lado oposto ao dele, puxando com ela o gato.

O marido permanece por algum tempo em frente à cama, assustado. A esposa não costuma acordar bem-humorada, mas essa reação agressiva ele nunca viu. Ao ouvi-la ressonando, resolve preparar-se para sair. Conversarão à noite.

Quando volta para casa ao final do dia, no entanto, Álvaro a encontra como de costume: amorosa e disposta. Da cozinha, Sílvia sopra um beijo para o marido e pede para que ele saia dali, pois está preparando uma surpresa. Ele resolve deixar a conversa para mais tarde.

— E o Plutão? — pergunta.

— Não sei, não o vejo faz algum tempo. Deve estar no quarto — diz ela, pegando algum ingrediente no armário. — Não fica aqui, vai lá procurar por ele!

Sorrindo, Álvaro obedece. Encontra o gato em cima da cama. Tira os sapatos e deita-se para ler um pouco; no momento em que se acomoda, Plutão se levanta e sai.

A noite foi maravilhosa. Sílvia preparou *boeuf bourguignon*, o prato preferido do marido, com esmero e carinho. Para acompanhar a refeição, abriram uma e depois outra garrafa de um dos vinhos mais caros da adega. A seguir, ainda na sala, fizeram intenso e vagaroso amor, o primeiro em algum tempo; e continuaram no quarto.

Pouco antes de adormecer, Álvaro se lembra de não ter visto Plutão durante a noite. Da cama, ele ouve o chapinhar de Sílvia andando nua pela casa, procurando pelo animal.

— Aí está você, danadinho. — A voz dela está distante, vinda da sala. — Vem cá... — Desaparece à medida que Álvaro sucumbe ao sono.

Ainda é noite quando ele acorda, a boca seca. Estende o braço e não encontra a mulher. Sai para procurá-la. As luzes da casa estão apagadas e ele evita acendê-las para não despertar por completo.

Quando chega à cozinha, ouve um som baixo, agudo. Vem da área de serviço: é a voz de Sílvia. Álvaro segue para lá e, graças ao luar que atravessa a pequena janela, distingue-lhe o corpo. Ela está de costas, sentada no chão. O marido a chama, mas ela não responde.

Ele se aproxima e percebe que a esposa está cantando por meio de sussurros. Uma cantiga de ninar. Apoiado em sua coxa direita há um cesto, que ela balança lentamente. Dentro dele está Plutão.

O marido a toca no ombro e Sílvia parece despertar. No olhar dela, Álvaro percebe o cintilar da fúria, mesmo no escuro. Ele hesita e a indaga sobre aquilo, mas a mulher não responde; apenas o encara em silêncio. Continua assim enquanto pega o gato do cesto e o leva para fora da área de serviço.

O marido a acompanha, atônito. O que aconteceu com a esposa maravilhosa de horas antes? A resposta é a porta do quarto batendo; ela a fechou e trancou. Irritado, Álvaro esmurra a madeira, em vão. Após muito tempo tentando, decide ir para o sofá da sala.

Quase não dorme.

Cerca de uma hora antes da aurora, ele vai até o quarto e tenta a porta mais uma vez: encontra-a aberta. A escuridão ainda é densa. Sem enxergar, ele ouve um ruído tênue, um ciciar.

— Sil?

Álvaro acende o abajur.

Na cama, sua esposa espreme o seio com uma mão, e com a outra força a cabecinha de Plutão contra o mamilo. Os olhos dela estão revirados.

— Que porra é esta? — Ele dá um violento tapa no colchão. Sílvia reage imediatamente: protegendo o gato com o braço direito, mostra os dentes para o marido. Pela fresta aberta entre eles, a mulher expele o ar com força, emitindo um ruído animalesco.

Álvaro esforça-se para se controlar, para controlar o medo que sente. Então, aproxima-se e a segura pelos ombros.

— Meu amor, o que está acontecendo? Sou eu! — suplica, chacoalhando-a. Com o movimento, Plutão se desvencilha dela e sai do quarto.

Aos poucos, Sílvia parece retornar a si. Ouve o relato do marido e se mostra chocada, até mesmo aterrorizada; não se lembra de ter feito nada daquilo. Mas reclama de dores no mamilo direito.

— Você está muito estranha desde que adotamos o gato, Sil — confessa Álvaro, enfim. Queria dizer isso fazia tempo. Ela acaba concordando; reconhece outros lapsos de memória nos últimos dias. Com paciência e cuidado, o marido tenta convencê-la a devolver o animal. Mas oculta dela o restante dos próprios pensamentos: que talvez a esposa ainda não tenha estrutura psíquica para cuidar de um bicho.

— Vou pensar nisso hoje, Al. Juro.

O marido sai para trabalhar. Está cansado pela noite maldormida, porém sente-se aliviado; acredita no bom senso da esposa. E, caso seja necessário, pode convencê-la a marcar uma consulta com o colega psiquiatra.

Retorna para casa após um dia movimentado. Chama por Sílvia, mas não obtém resposta; deve estar no banho. Ao entrar no quarto, o piso chama-lhe a atenção: há manchas escuras no carpete. Álvaro acelera o passo até o banheiro e se detém.

Não há ninguém ali, mas a cena é repulsiva. Espalhados pela pia e pelo piso claro, estão instrumentos cirúrgicos respingando sangue. Pinças, uma tesoura, agulhas de sutura, uma seringa... e uma poça rubra na base da pia.

Ele avança pelo banheiro, enojado. Ao abaixar-se para avaliar a pinça, ouve um ruído vindo da direção da porta. Álvaro se vira para lá e emudece de pavor.

Sua esposa está de pé, nua, apoiada ao batente. Plutão parece *preso* ao seu tronco, o corpo fixo entre os seios. As patas e o rabo balançam inertes, a cabecinha está na transversal, à altura do rosto de Sílvia, e também pende. Os olhos entreabertos e a boca espasmódica dão a entender que o gato está agonizando. A mulher tem a expressão devastada; seu corpo sangra em vários pontos.

O animal foi suturado a ela; o dorso unido ao tronco e à barriga da esposa. A julgar pelo sangue abundante nas mãos, a própria Sílvia fez o medonho trabalho.

Então, a boca da mulher se abre em grande amplitude, um espaço negro no rosto abatido. Ela se esforça para dizer algo, mas Álvaro só ouve o miado — o longo e lacrimoso miado, cuja origem ele não é capaz de distinguir.

DOIS ABOLIDOS[8]

— Meu nome é Katerina e estou limpa há oito meses. O som da minha própria voz me surpreende. Depois de passar quase todo o dia sem falar, ela me soa irreal. Não parece minha. Mas a frase pronunciada, recebida com entusiasmo pelos presentes, é muito verdadeira. Devolvo um sorriso triste para os seis à minha volta — e em especial ao dr. Abraão, o coordenador das reuniões e do programa de recuperação que, depois de inflar o peito e de se ajeitar na cadeira, fixa o olhar orgulhoso em mim e me cumprimenta.

Não reparo no que ele diz — antes, noto a veia em seu pescoço, que parece pulsar com mais vigor. O velho calor surge no mesmo instante, escalando-me a cintura com urgência até chegar às mandíbulas, que se abrem num espasmo. Pois é, oito meses de "limpeza" não são quase nada. Ou melhor: perto da maldita eternidade, são, de fato, absolutamente nada.

Desvio o olhar, tentando domar a energia que se espalha pelo meu corpo. E só consigo dominar o impulso a muito custo, reproduzindo um exercício que aprendi aqui nas reuniões: segurar a respiração e "pressionar", "concentrar" na região da cabeça o pouco sangue que tenho em mim. Faço isso para que o cérebro, alarmado com uma possível inundação, ocupe-se apenas de sua própria sobrevivência e deixe de lado qualquer outra função.

Noto a apreensão de todos, mas não interrompo o processo. Percebo o espanto também: já vi acontecer com outros dependentes, e não é bonito. A cabeça fica inchada e vermelha, os olhos se tornam *cozidos*. Reparo que dr. Abraão, com um gesto, impede que qualquer um dos participantes intervenha — mas vejo que a mão esquerda dele vai se aproximando de uma espécie de interruptor na mesa.

---

[8] Conto publicado originalmente na coletânea *Vampiro - Um livro colaborativo*, da editora Empíreo.

A mão se afasta conforme ele percebe que volto a mim. Aos poucos, após sentir a cabeça lotada e temendo um desmaio, vou despressurizando-a. É um alívio sentir o raro sangue se espraiar de volta pelo corpo e notar que o calor não está mais lá. Constato também que a veia do dr. Abraão já não pulsa mais apetitosamente; é somente um cano minúsculo em uma parede encarquilhada. Nunca perguntei a idade dele, mas é bem velho.

— Agora, sim! Muito bom, Katerina. — A voz dele soa firme. — Nos primeiros meses, esses impulsos são violentos, e você conseguiu administrá-los. São bem poucos os que fazem isso. Parabéns! — Ecoam-no todos os presentes, e a reunião segue sem mais contratempos, com cada um contando sobre suas evoluções (ou recaídas) até ali.

Terminados os relatos, deslocamo-nos pelos intermináveis corredores até o banco de sangue especial. Parecem *intermináveis*, claro, diante da sede que todos sentimos. Estamos na ala nova da Santa Casa de Misericórdia de São Paulo, e as coisas aqui são mais organizadas do que nos prédios antigos. Por dois ou três minutos percorremos, afoitos, o caminho que saberíamos fazer de olhos fechados. O dr. Abraão é o psiquiatra-chefe do hospital e vai à frente, imperioso, cuidando para que nenhum de nós avance o sinal.

Pouco antes de entrarmos no banco especial, o aroma ferruginoso fustiga o calor — agora acometendo a todos nós. Aceleramos o passo e entramos, cada um assumindo a posição habitual nas cadeiras espalhadas pela sala antisséptica. Aqui é onde recebemos a "marmita", como é conhecida a provisão de sangue para quem segue o programa de recuperação à risca: dois litros por semana e *per capita*, via oral, doados por voluntários. Nada dessa palhaçada de transfusão.

Para quem estava acostumada a lamber o asfalto logo após um acidente automobilístico, ou a devorar os pernilongos mais "cheinhos", não é nada mau. Ao menos para uma vampira que quer andar na linha — e eu quero. Depois de decênios e decênios de sanguessugagem, decidi que minha existência não podia mais se manter às custas de outras. Na verdade, já estou cansada, muito cansada de tudo isso — e sobretudo da eternidade.

No começo, claro, fiquei maravilhada. Todo mundo fica. Jovem e bela para sempre, oras. Mas o espírito foi envelhecendo, e fui me tornando uma criatura amarga, reclusa, arrependida. A perspectiva de jamais morrer tornou-se insuportável, de forma que eu repetia o famoso estribilho das reuniões, *um dia de cada vez*, esperando que esse dia fosse mesmo o último.

Até perdi as elogiadas habilidades predatórias que tinha. Nos tempos áureos, meus métodos não eram nada convencionais, na verdade. Quando estava "suja" e era dominada pelo calor, metia pavor até nos meus pares. Nada de elegância ou moderação; eu não tinha modos, o que me rendeu o apelido de *"Katerificina"*.

Só que o tempo foi passando, e Katerificina ficou para trás. Bem para trás. Continuei sucumbindo ao calor e à urgência da saciedade, mas aos poucos fui me arrependendo. No momento seguinte àquele em que, cega, surda e violenta, eu cravava os caninos nas vítimas, chegava até a retrair as presas; mas, confusa entre o arrependimento, a exaustão e a sede, cedia a esta última. Logo enterrava os dentes mais fundo na massa suculenta de um pescoço ou de um pulso, murmurando algo como um pedido de desculpas para mim mesma.

Esse dilema foi se tornando intolerável, até que decidi agir para valer. Estava de saco cheio de tudo aquilo — precisava me distrair da eternidade.

O trabalho voluntário para o qual me dirijo agora, depois de me despedir do grupo, faz parte disso. Fica ao lado da Santa Casa, apenas cinco minutos a pé do hospital. Foi indicado pelo próprio dr. Abraão quando perguntei como poderia me ocupar, desviar a atenção daquelas veias pulsantes. Ele logo rasgou um pedacinho de papel de uma agenda e rabiscou um número de telefone: "Ligue e fale com a Eulália, a coordenadora", disse naquele tom professoral. "Pode dizer que te indiquei. Estão precisando de gente pra cuidar de crianças numa brinquedoteca, e acho que vai te fazer bem."

Ele tinha razão. O trabalho é a melhor coisa que me aconteceu em muito, muito tempo. Trata-se de uma ONG que dá apoio a famílias de crianças em situação de risco — ou seja, doentes ou socialmente vulneráveis. E, enquanto os pais, mães ou responsáveis são atendidos, essas crianças ficam em um espaço recreativo, aos cuidados de voluntários como eu.

Descobri que não apenas adoro estar entre os pequenos, como também que não posso ficar sem esse contato. Vou para lá todas as quintas-feiras, logo após as reuniões e a marmita — são os melhores dias de minhas infelizes semanas.

Na verdade, não posso ficar sem o contato de uma criança em particular: Amã. Um garotinho de sete anos, órfão de pai e mãe. Foi criado por uma tia, mulher carrancuda que o trata com frieza. Dizem à boca pequena, inclusive, que ela só vai aos atendimentos para pegar a cesta básica incluída no processo.

Lembro que me encantei pelos olhos dele: os mais expressivos que eu já vi. Mas o que o olhar comunicava, a boca silenciava. Amã era calado como um presságio. Jamais o ouvira pronunciar uma palavra sequer — pelo menos não até aquela tarde, há cerca de três meses; uma tarde frenética na salinha que abriga a brinquedoteca, em que seis ou sete crianças espalhavam-se por toda a parte, virando o ambiente de ponta-cabeça.

Como de costume, Amã estava recolhido a um cantinho, brincando com peças de montar. Eu e Judite, outra voluntária da brinquedoteca, tentávamos dar conta das crianças, que estavam especialmente agitadas naquela tarde, até que Eulália abriu a porta da salinha. Aquilo quase nunca acontecia, então no mesmo instante olhei para ela (Judite tentava acalmar uma briga entre dois garotinhos). Com o olhar, a coordenadora apontou-me Amã. Entendi o recado: eu deveria dar atenção a ele por algum motivo. Fui até o cantinho em que ele estava e me sentei.

Devo ressaltar que a dinâmica da brinquedoteca sempre foi bem definida. Brincalhona e expansiva, Judite é a grande atração, as crianças a adoram; e eu sou uma espécie de auxiliar. Acho que os pequenos também gostam de mim. Sentem aquele mesmo carinho condescendente que se dedica a um fiel escudeiro, um *sidekick*. E não me incomodo. Já me contentava por ficar ali, digerindo a marmita, acompanhando as brincadeiras e arrumando a bagunça. E agora há também o Amã.

Com a exceção de Eulália, ninguém da ONG conhece a minha natureza real. Quando perguntam o motivo dos meus óculos escuros, dou a desculpa de sempre: ceratite, uma inflamação da córnea que tem como sintoma a fotofobia — o que, de certa forma, não deixa de ser verdade. Assim como é verdade que, em termos de tolerância, o mundo até que avançou. Somos mais bem-aceitos; mas o medo sentido pela imensa maioria dos mortais ainda é perigoso, para nós e para eles. Culpa de meus pares sanguinários, ainda transgressores. E vampiras como eu, exaustas de o serem e que só querem andar na linha, acabam se lascando. Deve ser karma.

Pois bem: naquela tarde, sentei-me com Amã e alisei as costas dele, sem esperar resposta. Ele não falou, de fato, mas o olhar que dirigiu a mim me desmontou. Um olhar sem o brilho habitual e que na verdade suplicava, implorava por socorro. Ainda que, mesmo para a idade, ele seja miudinho, naquele momento me pareceu até menor, mais frágil e desamparado. Senti urgência em pegá-lo no colo, em abraçá-lo — o que acabei fazendo. Para minha surpresa, ele retribuiu o gesto. E abriu para mim as portas de seu mundinho secreto.

Passamos o resto da tarde brincando juntos. Permanecemos em silêncio, salvo por uma ou outra palavra fugidia. Não eram necessárias, essas palavras. Distorcida pela janela de vidro canelado, a luz do dia declinava enquanto montávamos carrinhos, casinhas e barquinhos, alheios ao mundo. Percebi que Amã, ao longo daquelas horas, deixava-se soltar.

Após o final do atendimento, fui conversar com Eulália. Perguntei sobre o gesto que havia feito e ela foi direto ao ponto. "O Amã foi diagnosticado com leucemia." Respirei fundo no silêncio que se seguiu. "Uma forma agressiva da doença. Parece que as chances são mínimas, os médicos deram apenas alguns meses." Outro silêncio. "Não sei se ele entende bem isso, mas acho que, de uma forma ou de outra, ele pressente." Rendi-me. Não consegui dizer nada.

Desde então, depois de estabelecer um acordo tácito com Judite, tenho passado as tardes com ele. Não demorou para que eu entendesse o significado dessa aproximação. De forma estranha, nós dois estamos à margem do tempo. Embora muito jovem, Amã deve mesmo pressentir o pouco de vida que lhe resta; já eu estou exausta com o infinito que me sobra.

E foi nesse território abolido que encontramos um ao outro. Foi aí que passamos horas juntos, distraídos do fim ou da ausência do fim, desenhando e brincando com as pecinhas de montar, elaborando criações cada vez mais complexas. Castelos, naves espaciais, dinossauros, e por aí vai. Amã dá a ideia, eu ajudo a aprimorar, e vice-versa.

Agora, conforme me aproximo da rua Fortunato, onde fica a ONG, pego-me pensando no que montaremos ou desenharemos hoje. Um foguete subterrâneo? Uma roda-gigante estelar? Um exército de girafas? Vou ruminando o que poderíamos fazer para escapulirmos de nossas condições. Pego-me ansiosa também, mas sem saber o porquê.

Abro a porta e cruzo pais e mães em atendimento para chegar à brinquedoteca. Antes de entrar, Eulália resvala em meu ombro e me chama de lado. A expressão dela, já de costume séria, está ainda mais grave. De relance, noto a veia pulsando em seu pescoço — a tensão do momento me ajuda a segurar o ímpeto, porém.

— O Amã não veio. — Explica-se a minha ansiedade. E quase adivinho a frase a seguir: — Está internado.

Internado... e *sozinho*, longe do nosso lugar especial.

Sinto um impulso de dar meia-volta, mas retenho-o. Fico por aqui mesmo, ainda que completamente alheia. A sorte é que só há um bebê a dormir ao meu lado. Judite passa a tarde conversando com outras voluntárias, ajudando em diversas atividades.

Mas não resisto por muito tempo. Incapaz de me concentrar, acabo pedindo permissão para sair um pouco mais cedo. Eulália, que não costuma transigir horários, entende meu anseio e me deixa partir.

Saio do sobrado desnorteada. Amã está perigosamente sozinho. Preciso encontrá-lo, preciso fazer algo. Ainda não sei bem o quê; quem sabe recorrer à minha "natureza" para tentar interromper o processo, trazendo-o para o lado do nosso território revogado — o lado da eternidade. Mas não sei se seria capaz.

Confusa, começo a correr e logo viro à direita na rua Dona Veridiana. O enorme edifício de tijolos surge ao fundo, aproximando-se. Percorro de volta a rota que fiz algumas horas antes, agora intranquila, esbarrando na multidão que jamais parece se dispersar daqui.

De repente, a imagem mental de Amã se torna assustadoramente clara. Vejo-o corado, vigoroso, curado para sempre pela pequena incisão que com delicadeza meus dentes provocaram em seu pescoço, um filete do meu próprio sangue a escorrer do canto dos seus lábios sorridentes. Com essa intenção pulsando mais forte em meu corpo, arrisco o mesmo sorriso que imagino nesse Amã renovado.

E sorrindo atravesso a grande porta ogival para seguir pelo único caminho que conheço, rumo ao banco de sangue especial. Não sou abordada por ninguém. Alguns vigias até me cumprimentam, mas não respondo de volta. Sigo adiante, ainda sem fazer ideia de como encontrá-lo. Não sei seu sobrenome e estou nervosa demais, não conseguiria pedir informações de forma convincente. Mas logo penso na UTI infantil — sim, talvez o estado seja mais grave do que pensei.

Começo a seguir as placas que levam até lá. As janelas dos corredores mostram-me que é noite já feita. Retiro os óculos conforme atravesso o caminho, agora sim interminável, porque à minha frente há só uma imagem devastadora: Amã assustado, os olhos em busca das pecinhas de montar, dos desenhos, da companheira também abolida. Mexo os braços com força para apagar essa imagem, como se espalhasse a água que a reflete. Dois enfermeiros olham-me desconfiados, mas sigo em frente.

Chego diante da porta dupla da UTI infantil e a empurro: fechada. Visitas das 9h às 18h, indica a placa que me confronta. O relógio na parede dá 18h05. Olho ao redor, desesperada; algo me diz que Amã está aí dentro. Penso na única alternativa possível, embora me enoje — embora me desespere, na verdade, pois não vejo outra saída. Bem, pior do que estou, não fico. Tudo de que preciso é atiçar o antigo calor.

Dirijo-me à antítese daquele lugar que tinha à minha frente, em busca do melhor, do mais puro combustível que pode existir: o berçário. Chego à maternidade em poucos minutos, e logo depois estou na frente do vidro que apresenta os bebês aos curiosos. Basta que eu caminhe um pouco por ali para que o efeito surja de imediato. A onda vem com fúria, das profundezas do tempo e das trevas. Sinto que perderei o controle em instantes; então, canalizando a energia para a metamorfose, disparo em direção à primeira janela que vejo aberta e salto.

No ar, beirando a inconsciência, percebo que subo em vez de cair. A visão se turva até se apagar. E, depois de algumas tentativas desastradas, consigo cadenciar o bater das asas em que se transformaram meus braços.

O odor e uma espécie de instinto me guiam ao redor do edifício rumo ao escape da tubulação do ar-condicionado; atravesso a grade sem maiores problemas e sigo, esbarrando pelo pequeno túnel metálico, até que a energia fica mais intensa — e o calor também. Devo estar passando pelo berçário, penso, pouco antes de sucumbir, mas não antes de conjurar Amã uma última vez; Amã e suas pálpebras se fechando sobre as escleróticas branquinhas, como duas pequenas bocas que enfim se encerram...

***

Retorno a mim para descobrir que não conjurei a visão — estou de fato na UTI e tenho os olhos de Amã entre as mãos. Olhos ausentes numa cabeça leve demais, percebo; porque foi separada do corpo, aparentemente a violentíssimas dentadas.

Conforme engulo, em lentos espasmos, toda a substância que ainda jorra pelo gargalo de seu pescocinho fino, sinto o sabor ferruginoso abrandando-me o calor. Aprecio-o por alguns instantes e então me viro. Ainda pouco consciente, vejo a trilha de sangue e bebês trucidados que se conclui em mim. E vejo o dr. Abraão, correndo para cá, escoltado por três homens gigantescos e brandindo uma enorme e pontuda ripa de madeira na minha direção.

O BONECRO[9]

AXEL ENCARA A tela do laptop pela enésima vez nesta manhã. Seus olhos atravessam-na e se perdem em uma distância incalculável. Expressam uma sensação que não lhe é nada familiar: dúvida. Desde que, na noite anterior, recebeu aquela mensagem tão desafiadora de César, sente-se acuado pela responsabilidade que lhe foi entregue. As palavras "algo totalmente novo", enviadas pelo mais antigo e rentável cliente de sua discoteca, perturbaram-no como nenhuma outra foi capaz. "Confio em você" completaram o suplício.

A campainha da porta dos fundos interrompe-lhe a concentração. Seus funcionários não tinham chegado, e ele mesmo verifica o monitor da câmera de segurança: é aquele morador das ruas da região. Seu apelido é "Corote", ou algo assim. Axel não se lembra, e não se importa. Às manhãs de quarta, o homem sempre passa por ali para pegar sobras de comida.

Axel cogita mandá-lo à merda, mas conclui que talvez seja produtivo sair do escritório para espairecer. Bufando com impaciência, vai até a cozinha, na esperança de que tenham deixado a marmita de costume pronta. Corote é querido nas redondezas, e as pessoas o ajudam de bom grado — sobretudo Dária, a cozinheira da discoteca, que tem um coração generoso e inocente.

Axel abre a geladeira e encontra o pacote deixado pela mulher. Depara-se também com o cheiro de algo podre; dará uma bronca nela assim que ela chegar. Então, destrava a pesada porta dos fundos e lança o saco na direção do homem, sem responder ao seu agradecimento. Bate a porta logo depois, enojado: naquela manhã tórrida, o mendigo cozinha num caldo obsceno de imundície e fedor.

Volta para o escritório e para a tela. César foi enfático: "é meu aniversário de 40 anos e tem que ser épico. Nada menos que

---

[9] Conto publicado originalmente na coletânea *Sala de Cirurgia - Contos sem anestesia*, da ed. Fora da Caixa.

épico." Mas o que seria épico para alguém que já experimentou de quase tudo, lícito ou ilícito? Sendo que ele próprio, Axel, foi o responsável pela maior parte dessas experiências, como superar-se? O homem é o maior hedonista que já conheceu ao longo de sua tumultuada jornada pela vida noturna da cidade. Sempre cruzou com figuras excêntricas, extravagantes, perigosas: mas a coleção de vivências de César o ergue acima de todas elas. E o mais fascinante é que ele sabe usar seu poder, seus recursos e sua habilidade para se manter a salvo de escândalos e da morte precoce — que, afinal, foi o que encerrou a carreira de muita gente em situação semelhante.

Aliás, neste caso, os recursos eram outra fonte de ansiedade para Axel. Quando ele perguntou sobre até onde poderia ir, César não estabeleceu um limite, como sempre fez até então. Ou seja, já não bastariam as drogas, os celebrados DJs, as moças, os rapazes, os agitadores e dançarinos de costume, os *itens* e *objetos*, os eventuais animais, a higienização do ambiente e, mais importante, o silêncio de quem estivesse presente. Tudo isso já deveria estar no pacote. Então, para onde ir a partir daí?

Os olhos de Axel voltaram-se para a lista na tela do computador:

> *Festa fetichista*
> *Baile de máscaras lisérgico (ponche batizado com LSD)*
> *Festival-rave (checar locações e disponibilidade de acompanhantes favoritas(os))*
> *Festa com gravação de documentário (checar equipe de filmagem)*
> *Naked pool party*
> *Celebração com eventual sacrifício (checar contatos zoonoses)*

Nada o agrada. Talvez a última opção até tenha algum potencial; mas, na penúltima festa que organizou para César, dois gatinhos já haviam sido sacrificados. Ele se lembra bem, já que, para garantir o perfeito andamento de tudo, jamais coloca uma gota de álcool na boca durante os eventos. Como poderia esquecer? Em uma hora avançada da noite, o anfitrião, alucinado pela potente mistura de anfetamina e MDMA — o "néctar", como ele a chama — que sempre o acompanha nessas ocasiões (e que César induzia os presentes a ingerirem também), subiu ao palco, colocou-se ao lado do DJ e lhe pediu alguma música específica, intensa. Então, durante o clímax da canção, momento mágico em que todas as pessoas em um certo ambiente se encontram naquele transe explosivo, o anfitrião ergueu dois bichanos bem acima da cabeça, segurando-os pelo pescoço. E, com um movimento brusco, chocou uma cabecinha contra a outra, e as duas se quebraram numa convulsão escarlate e viscosa. O sangue escorreu pelo seu rosto desvairado, e depois pelo corpo. O DJ, cuja indiferença havia sido bem remunerada, aumentou o som. O delírio coletivo foi pelo mesmo caminho.

Enfim, é esse o homem a quem Axel deve surpreender. O tempo, ao contrário dos recursos, é escasso: a festa é para daqui a dez dias, na data exata do aniversário. E não se trata de uma pessoa que aceite ser contrariada.

Resignando-se, Axel decide mais uma vez distrair-se. Sai do escritório e circula pelos ambientes da casa, acenando sem particular interesse para os funcionários que já chegaram. Vai até a cozinha, onde encontra, enfim, Dária.

— Bom dia, seu Axel. — Ela parece nervosa diante do patrão, que vai até a geladeira para pegar uma lata de energético. — O senhor deu a marmita do moço, né? Desculpa, o trem atrasou, foi aquela bagunça que o senhor nem imagina...

Ele murmura algo de volta. Ainda que a mulher seja um tanto tagarela, tem que tolerá-la, pois ela responde por um cardápio que agrada aos clientes há já bastante tempo.

— Esse moço vive aqui pelas ruas faz muitos anos. Tá sempre de cara cheia, e toda santa quarta-feira passa aqui...

Ela continua falando. Quando Axel abre a geladeira, leva um tabefe do fedor apodrecido. Está prestes a repreender a cozinheira quando seu corpo se fixa no ar; seus olhos cintilam. Dária para de falar e o encara, assustada.

— Tá tudo bem, seu Axel?

Ele demora um pouco para voltar a si.

— Tudo sim — responde enquanto corre para a porta. — Tem coisa podre na geladeira, Dária. Limpa isso aí! — grita já a caminho de seu escritório. Tem uma mensagem importantíssima para mandar e, sempre que isso acontece, prefere fazê-lo na segurança e no silêncio de seu refúgio.

Senta-se, respira fundo, saca o celular do bolso e procura pelo contato de César. No campo da mensagem, digita a ideia que acabou de ter, surpreso com a forma como os pontos ligam-se conforme escreve. Ao terminar, revisa a proposta: sórdida, acintosa e, por isso, fascinante. Parece-lhe uma sugestão irrecusável. Hesita por um ou dois minutos antes de apertar a seta de envio; enfim o faz e joga o celular para longe.

Está uma pilha de nervos e, nesses casos, só lhe resta fazer uma coisa. Levanta-se, tranca a porta, volta para a frente do laptop e acessa um dos primeiros sites de seu histórico, que dá acesso aos arquivos das câmeras de vigilância de seu estabelecimento. Alguns cliques depois, abre o zíper da calça e começa a se masturbar.

Está quase lá quando sente a mesa vibrar. É uma mensagem de César: "Sensacional, vamos em frente."

Quatro dias antes da festa, uma terça-feira, tudo está praticamente arranjado. A "equipe de suporte" foi contratada; as provisões de sempre, garantidas — em maior quantidade, desta vez —; e os convites, enviados para o ultra-exclusivo *mailing*. O índice de comparecimento das festas de César era altíssimo porque o *save the date* era enviado com muita antecedência e porque ninguém queria perder as próximas travessuras e surpresas prometidas pelo anfitrião (ainda que, na época do envio, nem ele soubesse quais seriam).

Quanto à maior das surpresas, está nas mãos de Axel. Mas todos os esquemas foram feitos: basta colocar o plano em prática. Para isso, ele agora espera por uma encomenda, que já está atrasada. Enquanto aguarda, olha para a tela do laptop, em que há um vídeo gravado pela câmera de vigilância do banheiro feminino. Olha, mas não vê; está ansioso.

A campainha toca, e o homem dispara até a porta dos fundos. Ao abrir, recebe, de um rapaz magro e de ar suspeito, um pequeno pacote de saco plástico azul, toscamente enrolado. Da mesma forma furtiva, Axel entrega a ele um maço de notas e bate a porta atrás de si. Volta ao escritório, coloca o pacote em uma gaveta e respira aliviado. A primeira parte do plano está cumprida. Agora, sim, pode apreciar o casal fodendo em uma das cabines do banheiro.

Na quarta-feira, chega mais cedo ao trabalho. Está sozinho

na casa — dera meio dia de folga aos funcionários por conta da festa da noite seguinte. No escritório, retira o pacote da gaveta e corre para a cozinha: ao abrir a geladeira, lá encontra a marmita do morador de rua. No dia anterior, certificou-se de que Dária a deixaria preparada. A tola mulher não pareceu estranhar quando ele pediu para que ela não se esquecesse do "pobre homem" — ainda que o tenha feito de forma absolutamente artificial.

Axel retira a tampa de papelão do marmitex e despeja ali o conteúdo granulado do pacote azul, misturando-o à refeição logo depois. Recoloca a tampa, leva o pacote para o escritório e aguarda.

A campainha toca no horário de sempre. No monitor, o rosto encarquilhado e trêmulo do Corote. Em poucos segundos, Axel abre a porta e entrega para ele a marmita, um sorriso cínico no rosto.

— Bom apetite.

Faz que vai fechar a porta, mas mantém aberta uma fresta. Observa o maltrapilho caminhar por alguns metros, atravessar a rua e acomodar-se na garagem de uma casa que estava para alugar havia meses. Um local por onde poucas pessoas circulam; perfeito. Pela abertura ínfima, acompanha o homem pegar, com a mão, uma porção de arroz e levar à boca. Depois que ele mastiga e engole, Axel fecha a porta e respira aliviado mais uma vez. A segunda parte parece estar concluída.

Falta a terceira, e mais complexa, pois deve ser milimetricamente cronometrada. Para tanto, ele espera os cinco minutos combinados e envia uma única mensagem a um contato que César lhe passara:

"Feito."

A seguir, compartilha a sua localização.

Segundos depois e quatro quilômetros dali, em um dos refeitórios do Hospital das Clínicas, o celular da dra. Tânia vibra. Ela está terminando de tomar um café com alguns de seus residentes. Ao ver a mensagem, despacha-os de imediato — alta e corpulenta, ainda é capaz de engrossar a voz, de forma que consegue infundir pânico em qualquer um.

Dali, caminha soberana, as muitas joias chacoalhando, até uma sala contígua, onde entra e conversa em voz baixa com um enfermeiro e um policial militar. Alguns minutos depois, o PM está ao volante de uma ambulância do Instituto Médico Legal, costurando o trânsito e furando cruzamentos. Acompanham-no o enfermeiro e a doutora.

Os três chegam rapidamente ao endereço indicado. Depois de vasculhar os arredores, a dra. Tânia nota a movimentação na garagem vizinha e acena com o queixo. Dirigem-se para lá, onde encontram o homem estirado, rodeado por pombos. Tem um esgar medonho no rosto, os globos oculares injetados e a boca ainda espumando. Sua figura é macilenta e esguia. *Boa escolha*, pensa a médica.

O policial isola a área enquanto ela bate ritmadamente o sapato Louboutin no piso rachado. De prancheta nas mãos, está impaciente: olha para o moribundo, depois para o relógio de pulso Michael Kors, e para o moribundo de novo. O PM e o enfermeiro cuidam de afastar os curiosos.

O indigente, enfim, para de espumar. A dra. Tânia pega-lhe o pulso, examina-lhe os olhos e, então, assina o óbito já preenchido com dados falsos. Os dois homens dão início ao recolhimento do corpo.

A alguns metros dali, Axel acompanha tudo com atenção, por uma fresta na persiana de sua sala. Vibra quando constata que estão cobrindo o corpo com o que parece ser papel alumínio, depois acomodando-o na caminhonete do IML. É a lei: "em caso de morte suspeita ou de morte natural de pessoa não identificada, o cadáver deve ser encaminhado ao Instituto Médico Legal para exame." Não se lembra de onde leu isso, mas é a lei.

Estão quase lá. Em tese, o mais difícil já passou; de agora até a festa, é questão de retocar o trabalho, para transformá-lo na obra-prima que todos os envolvidos imaginaram.

E os retoques estão a cargo de Axel. Na manhã do dia seguinte — data do evento —, trajando um jaleco branco e um crachá e acompanhado por um rapaz de olhar mortiço e uma moça vestidos da mesma forma, ele avança rumo à entrada do IML. A moça carrega uma maleta. São recebidos pela dra. Tânia e o enfermeiro do dia anterior, que os guia pelas dependências assépticas até uma sala reservada, onde entram. A porta é fechada e trancada.

Três horas depois, o trio sai, o rapaz e a moça com expressões cansadas. Muitos minutos se passam até que o enfermeiro saia também, empurrando uma maca de metal em que jaz o corpo coberto por um pano amarelado. A dra. Tânia o acompanha de perto, liberando a passagem até a garagem do Instituto, rumo a um veículo preto que parece ser funerário, mas que não tem indicação alguma disso. O corpo é colocado na caçamba coberta.

Acompanhando a movimentação pelo retrovisor de seu carro, Axel ativa o celular, acha o contato de César e enfim envia a mensagem mais importante de sua vida:
"Tudo pronto."
"Ótimo", vem a resposta após alguns segundos.

Horas depois, Axel está no camarote de sua discoteca, olhando satisfeito para as pessoas alucinadas na pista logo abaixo. A festa é um sucesso até aqui. No palco, um dos DJ da casa conduz as preliminares. A luz estroboscópica fotografa sorrisos desvairados, caretas, expressões chorosas, beijos e manifestações mais veementes de afeto. A seu lado, César também parece contente, garrafa de água em uma mão e copo com o "néctar" na outra.

Olhando-o com cuidado, Axel percebe que ele já começa a forçar as mandíbulas. Sinal de que o grande golpe da mistura psicoativa está próximo — ou seja, está chegando também a hora da atração principal. Ele acena para o aniversariante, que concorda revirando os olhos, extasiado. Então, Axel desce para realizar os últimos preparativos.

No camarim atrás do palco, tudo vai bem. As roldanas foram instaladas e estão firmes, e as cordas, amarradas e testadas. O anfitrião abre a porta que leva à cabine do DJ e pede para que ele toque a última música do *set*.

Logo depois, as luzes são apagadas. Do camarim, Axel ouve os aplausos, os gritos e os assobios do público. As palmas logo passam a soar de forma cadenciada. Enquanto isso, ele acompanha um de seus seguranças na realização da última parte do trabalho no escuro — um adesivo luminescente foi instalado no piso para que ele se oriente. Axel vai atrás e, quando está tudo pronto, aperta o *play* no equipamento de som, no mesmo instante em que aciona seu cronômetro. O *set* começa dali a um minuto, exatamente o tempo que tem para se posicionar.

Passados os sessenta segundos, é chegada a hora.
A música recomeça com um estrondo no escuro, para delírio do público. E quando é aceso um único holofote dirigido ao palco, a vibração dá lugar ao silêncio da perplexidade. Pois o que a luz revela no posto do DJ é um cadáver. Um cadáver inquestionável, já que ninguém suspeita da morbidez daquela expressão

— dos olhos estrábicos e murchos, do nariz torto, da boca derretida. E, sobretudo, ninguém suspeita do fedor, que logo se alastra pelo recinto, obrigando aqueles mais próximos à cabine a formarem um halo em torno dela.

O cadáver está vestido com trajes negros, que se confundem com o fundo escuro do palco, de modo que só sua cabeça e seus braços muito pálidos, já esvedeados, são visíveis. Tanto a cabeça quanto os braços movem-se bem devagar, o que perturba e fascina ainda mais os presentes, que continuam mudos. Como? Sem respostas, somente a música soa, lenta, seca, pesada. E é subitamente atravessada por berros de glória de César, que acompanha tudo do camarote, enquanto a dra. Tânia, siderada e excitada, agarra-o por trás e o apalpa.

Do camarim, Axel observa o espetáculo enquanto manuseia, por meio de alças, as cordas que movem o cadáver no palco. Respira fundo mais uma vez. Poderá descansar em paz, pelo menos até a próxima.

LUPUS DEI[10]

AO ABRIR A janela, Nilo demorou para ajustar a visão ao lusco-fusco da aurora. Então, berrou com uma potência de que jamais se julgou capaz: no tronco do cajueiro logo à frente, alçado pelo pescoço, estrebuchava Teleco, um de seus vira-latas. A língua para fora vibrava também.

Quando Nilo se aproximou do cão, ele já estava morto. Sultão e Panqueca, os outros animais de estimação, haviam despertado e correram para perto do dono, que desfez o laço da corda e deitou Teleco no chão. Os cães cercaram-no, farejando, ganindo, lambendo, despedindo-se. Minúscula e rajada, Panqueca tremia diante da criatura sem vida.

O grito também despertara a vizinhança: sombras sonolentas surgiram nas janelas dos casebres próximos à igreja. Mas a única pessoa a se aproximar de Nilo foi dona Candinha, quituteira local e uma das poucas fiéis que ele tinha por ali. Pouquíssimas, aliás; a Ilha de Itaparica era reconhecidamente tomada por praticantes de candomblé e umbanda, e pregar o evangelho por lá era um antigo desafio para a Igreja Pentecostal Tanque de Betesda, conhecida como IPETABE.

Para o apóstolo Mondrião, fundador da IPETABE, "conquistar a ilha" tornara-se questão de honra. Ele mandara seus pastores mais virulentos para lá, mas as ameaças com o fogo do inferno surtiram efeito contrário; os terreiros continuaram cheios, e a igreja, vazia.

Então, ele decidira mudar de estratégia e dar uma chance ao jovem pastor Nilo, de natureza conciliatória e que apresentara excelentes índices de conversão em outras regiões da Bahia. "Apesar de inescrutável, o rapaz é um estrategista", costumava dizer Mondrião, adepto de palavras exuberantes.

Por sua vez, Nilo olhava para o corpo de Teleco. Dona Candinha aproximou-se do pastor, contrita.

---

[10] Conto publicado originalmente na coletânea *Rio Vermelho*, da ed. Luva.

— Você sabe quem fez isso, dona Candinha?

— Meu Jesus, sei não, pastor...

Nilo mirou ao redor, a desconfiança nublando sua expressão costumeiramente pacata. Então, com a ajuda de seu Dito, marido de dona Candinha e pescador, enterrou o cão do outro lado do pátio. Feito isso, agradeceu com tristeza aos dois e voltou ao dormitório para preparar-se: era domingo e haveria culto pela tarde, dali a algumas horas.

Durante o louvor, o pastor não mencionou o ocorrido. Mas a notícia parecia ter se espalhado, pois, além da família de dona Candinha e de meia dúzia de fiéis conhecidos, havia alguns rostos novos no pequeno salão. Talvez por compaixão; ainda que a igreja que Nilo representava não tivesse muitos adeptos por lá, era conhecido o seu amor pelos animais de estimação. Terminado o culto, ele recebeu afetuosamente cada um dos presentes. E enfatizou, para os novos, que gostaria de vê-los por ali mais vezes.

A semana seguinte transcorreu como de costume, com a diferença de que a audiência nos cultos seguiu aumentando, ainda que bem devagar: dez, doze, quatorze fiéis. Em todo caso, durante seu relatório telefônico semanal, Nilo tinha notícias um pouco melhores para o bispo Esdras, braço direito do apóstolo Mondrião. Mas não chegou a comentar sobre o cão enforcado; evitava ao máximo compartilhar questões pessoais.

— Aleluia! Progresso pequeno é progresso, ainda assim! — Ouviu o bispo dizer naquela voz empostada. — Continue o bom trabalho, Nilo. Tenho certeza de que acertei ao te indicar pro apóstolo.

Esdras sempre dava um jeito de reafirmar seu poder diante dos comandados. E o apóstolo Mondrião parecia apreciar isso, pois cercara-se de homens e de mulheres ambiciosos, dispostos a tudo em nome de Jesus — e da IPETABE. Desde que ingressara na igreja, ainda como diácono, Nilo já conhecia o perfil de seu fundador. Mas sabia também ser capaz de surpreendê-lo, apesar de os colegas sempre o acharem calmo, ou "inofensivo", demais.

O sábado seguinte, porém, entardeceu macabro. Seu Dito caminhava de volta da pescaria quando algo lhe chamou a atenção: um farfalhar, embora não houvesse vento. O som vinha do muro da igreja, que era coberto por trepadeiras; e onde as folhas adensavam-se, rente ao chão, algo se debatia.

O pescador caminhou até ali. Devagar, abriu uma fenda na trama de raízes e folhas, e então recuou: no chão, um trapo sanguinolento estertorava. Seu Dito aproximou-se e viu que o trapo era um animal, um cão pequeno, rajado. E mesmo seus olhos de homem do mar, curtidos de sol e sofrimento, piscaram aturdidos quando perceberam o espeto de churrasco atravessando-o do ânus à boca.

Desorientado, o homem tocou com desespero a campainha da igreja. Nilo apareceu lerdo e com os olhos inchados, pois era o momento de seu repouso após o almoço. Mas, quando viu Panqueca já sem vida, tremeu e deu dois passos para trás. Ainda em silêncio, recolheu a cadelinha do chão.

Então, dirigiu um olhar furioso ao redor e respirou fundo. Aquilo já era demais.

— Olha, seu Dito. Mataram o Teleco, e agora a Panqueca. — Ele trouxe a cadelinha empalada para mais perto do peito, manchando-se com o sangue dela. — Não queria dizer isso, mas tá fedendo a terreiro.

— Tá memo, pastor. Essa gente não é de Deus. — Seu Dito havia tirado o chapéu e depositara as varas e os baldes com peixes no chão. Os dois ficaram em silêncio por algum tempo, velando o animal.

A notícia espalhou-se com rapidez. Toda a vizinhança ficou sabendo do assassinato, e foram poucos os que se mostraram insensíveis a ele. Em consequência, a plateia nos cultos foi aumentando cada vez mais, assim como a ferocidade da pregação de Nilo. O tom manso e paciente logo deu lugar a contundentes ataques à umbanda e ao candomblé.

— Sacrifício de criaturas do Senhor, irmãos! Sabemos muito bem quem é que pratica esse tipo de crime! Sabemos muito bem que tipo de gente mata animais pra fazer encosto e magia negra! — vociferava de uma forma que ninguém havia testemunhado antes. — E conhecemos muito bem a entidade que essa gente serve: é o Pé-chanfrado, o Sete Peles, o Ronca-e-fuça, o Satanás!

— Enquanto gritava, Nilo distribuía perdigotos aos presentes na primeira fila. Estava irreconhecível, a expressão vingativa como se visse, no lugar dos fiéis, os cadáveres de Teleco e Panqueca, repetidos, espalhados por toda a igreja.

Igreja que, por sinal, estava quase cheia. Uma semana após o ocorrido, havia poucos lugares vazios durante os cultos principais, o que quase triplicou o dízimo — e o dinheiro em caixa. No mês seguinte, o bispo Esdras recebeu essas notícias com uma espalhafatosa gargalhada.

— Amém, irmão Nilo! Eu sabia que podia confiar em você! — Mais uma vez, o pastor decidira não contar nada sobre seus cães. Esdras continuou: — Ouve o que tenho pra te dizer. Se você mantiver esse pique, farei de tudo pra melhorar sua situação aqui na igreja. O apóstolo está acompanhando de perto.

Nilo ouvia em silêncio, reagindo apenas com muxoxos.

O bispo baixou a voz:

— Não tô falando de pouca coisa não, irmão. Essa ilha aí é questão de honra pro apóstolo. Se você continuar mudando a cabeça desses... idólatras, desses... infiéis, desses... vagabundos... — Esdras fez uma pausa e, depois, murmurou: — ...dá pra te arranjar um lugarzinho aqui no bispado da IPETABE.

Nilo agradeceu e desligou.

Era quase madrugada de quarta-feira e, a não ser pelo cricrilar de insetos noturnos, a vizinhança estava silenciosa. O pastor sentava-se diante de sua mesa de trabalho, no dormitório, e Sultão ressonava próximo a seus pés. Mas acordou quando o dono se ergueu bruscamente.

O cão levantou a cabeça assustada para Nilo, que lhe devolveu um olhar carinhoso. Porém, no instante seguinte, a expressão tornou-se cruel.

— Sua vez, perdigueiro de merda — sussurrou o pastor, erguendo acima de sua cabeça a cadeira em que estava sentado.

RASGOS[11]

Levanto-me. Visto o casaco, pois o vento que passa pela minúscula fresta é frio e vasto. Deve vir de longe, talvez do lugar para onde vou. Abro a pesada porta e, no silêncio quebrado somente pelo rangido das dobradiças, cruzo o corredor. Que não é o mesmo de poucas horas atrás; não, ele certamente está mais antigo — até o cheiro está diferente. Não tem ninguém por aqui. Chamo o elevador, que demora a chegar. A porta é manual, com uma grade que se recolhe e que preciso forçar para abrir. Aqui dentro está bem diferente também. Tapeçaria felpuda no piso, revestimento de madeira escura que estala conforme o ascensor se movimenta, e nada do espelho que me recordava de existir ao fundo.

Chego ao térreo com um solavanco e saio para um saguão que também mudou por completo: está mais antigo, com aspecto muito anterior à reforma que fizeram há pouco. O próprio prédio já é bem velho, como sempre me lembrou o síndico. E este saguão deve ser o quê? Do ano, do mês, da semana, talvez mesmo do dia em que o edifício foi inaugurado. Vejo à minha frente a silhueta do porteiro — de um porteiro — contra a aurora, crescendo conforme me aproximo. De boina por causa do frio, que permanece intenso, está enclausurado na mesma cabine de sempre — só que, em vez de vidro fumê, cercam-no grades de ferro belamente trabalhadas.

Ele está imóvel contra o sol, com o braço estendido para o lado, como se chamasse alguém para concluir um assunto: decerto o senhor corpulento e encurvado que também se encontra ali perto. Quando me aproximo, vejo que o grandalhão veste um sobretudo de gabardine e tem a boca sem dentes muito aberta, como se quisesse engolir a cabeça do porteiro. Noto que segura um cigarro fino e longo junto ao corpo. A brasa está acesa, mas não há fumaça.

---

[11] Conto publicado originalmente na coletânea *Narrativas do medo, vol. 2*, da ed. Neblina Negra.

Tampouco há portão; só duas colunas que separam o prédio da rua. Ao atravessá-los, recebo o sol em cheio. A luz me ofusca a visão. Negror absoluto, seguido por milhares de grãos luminosos espalhados pelo verso das pálpebras. Abro-as, e a rua é outra. A mesma, mas bem outra.

No final da subida que fica à direita do prédio, um rapaz magrinho está parado em uma bicicleta curiosa — um calhambeque em duas rodas. No rosto, o esgar lívido do esforço. E, à frente dele, uma cesta cheia de garrafas em que o leite, estático, inclina-se para a esquerda num estranho balé. Ao redor, nada de prédios ou edificações modernas; só um amontoado de casas baixas e velhas, bem velhas, cuja sombra se estica até tocar-me os pés. No horizonte, o amanhecer.

Volto a caminhar, agora para a esquerda. Há pouquíssimas pessoas nas ruas — ou melhor, manequins. Só o vento e eu nos movemos. Não há outro som além dos meus passos na calçada úmida. Pássaros, cães latindo, conversa fiada, motores acelerando; nada. A uma dezena de metros, não está o trólebus como de costume, e sim um bonde que neste momento vira à direita. Com exceção do condutor, vai vazio. Ultrapasso-o e vou em direção ao arco do bairro, o marco que o inicia, a pouco menos de um quilômetro de onde eu estava.

Passo pelo que descubro ser a padaria onde sempre tomo café. Mas só a percebo pelo nome, que é o mesmo; todo o resto é completamente diferente. No lugar de uma grande entrada e duas catracas, uma vitrine expondo delícias ao escrutínio dos passantes. Cobiço distraído uma delas — uma bandeja de sonhos — quando percebo a moça de avental ao fundo.

Ela olha para mim. Sim, olha. Dois grandes espelhos de água na minha direção. Não faz movimento algum. Só me fita, apreensiva. Um braço está junto ao corpo, outro se ergue na altura do ombro e se dobra, de modo que o indicador esticado quase toca o pescoço.

Sigo em frente, sob um sol já menos oblíquo. As sombras retrocedem um pouco, e o frio também. Mas a quietude me enregela a medula. Há mais manequins agora. Um a um, vou ultrapassando-os e não me atrevo a encará-los. A paisagem é a mesma.

Quando enfim chego ao arco — que, esse sim, é o mesmo, salvo uma ou outra renovação —, hesito por alguns segundos. Será...? Bem, já estamos aqui, vamos adiante. No entanto, um facho de luz me pega novamente em cheio. Dilacera-me a púrpura visual. Escuridão, outra explosão e o pontilhismo cintilante, o enxame de vagalumes esbranquiçados, que demoram a sumir quando abro os olhos. Quando se reconstitui, a paisagem muda por completo. Quase nenhuma mancha urbana. A rua por onde caminho se tornou uma vereda de terra. Menos: um filete alaranjado. No lugar das casas e do raro comércio, matagal denso. Só a terra na qual piso e alguns casebres esparsos dão sinal de presença humana. À minha frente, logo ali, um garotinho em trajes ínfimos. Está de costas. Passo por ele e observo o gestual parecido com o da moça da padaria. Também tem os olhos em mim. Muito arregalados. Mexo-me; como o da *Gioconda*, o olhar do garoto me acompanha sem mover-se, o indicador gorducho retido no momento em que tocaria o pescoço. A testa se franze, a boquinha se encurva para baixo. Os lábios se crispam e os dentes são pontudos, ferinos.

Vou em frente, seguindo o regato de terra batida rumo à mata. O sol está perto do zênite, mas a luz rareia conforme as árvores e os arbustos vão cerrando. Embora não esteja tão frio, algo me faz tremer. A umidade, talvez.

Agora, avanço em meio à penumbra. Mal distingo a trilha, mantendo-me nela por dedução. E logo se faz noite, noite total — a luz deixa de penetrar no casulo verde por onde vou. Reduzo o ritmo e sou obrigado a tatear. O silêncio é absoluto. Continuo a ouvir somente meus passos. Meus passos e meu coração; o sibilo agudo do sangue bombeado pelo corpo, com rapidez crescente.

Então, de súbito, um clarão. Sou cegado mais uma vez, mas agora a rodopsina demora menos para se recompor.

À frente, uma construção. Conforme me aproximo, noto ser tremenda. Uma enorme pirâmide contra as trevas; amontoado de gigantescos blocos de pedra que se empilham até o cume, para onde começo a subir, desta vez sem hesitar. É iluminado por tochas monumentais — embora o fogo também esteja congelado.

Pedregulhos formam um complicado sistema de escadas entre os blocos. Em cada um deles, vou vendo centenas de figuras em curiosos trajes cerimoniais. Todos paralisados na mesma posição de súplica — os braços estendidos para o alto, para o cume. Usam badulaques dourados, que rebatem a violenta luz das quatro chamas — piras, talvez — a cercarem o local.

O frio se intensifica conforme subo. Ao redor, a escuridão é turva. Não consigo divisar nada além do halo das chamas. Está tudo inerte. As pedras rebatem meus passos e me sinto culpado pelo barulho que causo neste remanso.

Os blocos vão ficando menores, o topo já está próximo. Nele, vejo uma figura mais paramentada e reluzente do que essas com que cruzo. Aquela está de costas, mas a capa com adereços dourados explode na escuridão como uma constelação portátil. Os braços se abrem; uma das mãos segura uma espécie de taça, também dourada. Na outra, ainda não consigo ver o que há.

Chego, enfim, ao cume e olho ao redor. Que visão! As quatro chamas gigantescas, já um pouco abaixo de mim, imobilizadas, como está imobilizado o mundo. Espalhadas pelos blocos a meus pés, deve haver algo como mil figuras brilhantes. Só então me viro para a criatura às minhas costas.

Contorno-a; está inclinada sobre uma espécie de altar. Na cabeça, usa uma coroa feita do que parece ser cobre, esplendorosa em sua imobilidade. Logo acima da testa, asas fulvas de grande envergadura se abrem, como se um condor estivesse pousado em sua fronte. Caminho até o altar e o encaro.

Os olhos refletem as chamas congeladas. Refletem o desvario. A mão escondida se estende e segura o que parece ser um punhal rudimentar. O brilho me ofusca a visão mais uma vez. Então, deito-me na maca de pedra e posiciono a cabeça no pedregulho que está na beirada. Lenta e cuidadosamente, até meu pescoço quase tocar a lâmina.

Fixo o rosto da criatura. Fixo os olhos dela e noto neles um rapidíssimo movimento. Um rumor soa antes de a mão com o punhal baixar-se. Quando ela enfim se baixa, gritos irrompem — de júbilo. Dois últimos rasgos: na minha pele e no silêncio. Pouco antes de esvair-me, vislumbro, com os sentidos embotando-se, a marcha do mundo que meu sacrifício reaviva.

DEPOIS DA CARNE

"Quão longe é longe demais?"
A pergunta persiste em minha mente. A paisagem que tenho diante de mim — o ocaso neste lugar afastado — sempre me revigorou, sempre me preparou para a noite; mas não é o que acontece agora. Meus olhos percorrem a silhueta do sol já sangrento atrás dos morros escurecidos; percorrem, mas não se detêm. Buscam algo que o horizonte não pode oferecer: a resposta para uma pergunta que me assolava havia algum tempo, mas que apenas agora fui capaz de formular com clareza.
No rastro dessa pergunta, o silêncio. Não consigo respondê-la. E aflijo-me, angustio-me, já que esta mudez contamina, bem sei, o manancial de minha energia vital. *Não saber* ameaça o verdadeiro e último prazer de meus dias, aquele que me levou a arquitetar um arranjo tão complexo em um lugar tão isolado, no qual investi e invisto somas significativas de minha fortuna.
Mas a vida prática não me interessa: deixei-a para trás há muito tempo, relegando suas miudezas a Tomé, o meu homem de confiança. Preocupam-me apenas o transporte de meus sentidos, a elevação de meu espírito às custas da perversão da carne alheia, da jovem carne alheia. Mas meu espírito, desde o momento em que o plano foi colocado em prática, tornava-se cada vez mais exigente, é a verdade. Eu não contava com a avidez de meus impulsos ou com a insaciedade de meus desejos, realmente não, ao decidir fazer o que hoje faço. Talvez tenha sido esse o meu principal equívoco — mas afirmo-o levando em consideração as consequências que afetam unicamente a mim. Empatia ou compaixão, aviso sem hesitar, são emoções que desconheço.
Até aqui, o esforço de Tomé e de seus ajudantes — todos muito bem remunerados, é claro — tem valido a pena. Imensamente. Estou convencido de que os últimos meses foram os mais deleitosos de minha vida. Cada noite passada na grande adega desta casa centenária apresentou-me a novas e extremadas experiências, para as quais contribuiu a atmosfera de isolamento

do mundo que, graças aos homens, instalou-se por aqui. Alguns ficaram horrorizados nas primeiras vezes, a despeito de terem sido prevenidos da brutalidade daquilo que testemunhariam; mas, desses, Tomé e os demais cuidaram.

Os homens que permanecem, merecem. Não só respeitam a ordem de obedecer a tudo, absolutamente tudo o que lhes é pedido, como também passaram a cultivar certo apreço pelo que presenciam. Sim, mesmo arrebatado, eu percebo suas expressões confusas, transitando entre o assombro e a volúpia. Uma confusão que conheço muito bem, e que, afinal, é o maquinário por trás de meus atos. Pois me assombra aquilo que desejo; e desejo-o ainda mais por sentir-me assim assombrado. Aceitar essa verdade foi o primeiro passo que dei para chegar até aqui. E colocá-la acima de qualquer outra verdade é o que me torna, arrisco-me a dizê-lo, o mais livre entre os homens.

No entanto, passo a reconsiderar tal liberdade. Após esses maravilhosos meses em que troquei, das formas mais engenhosas (gabo-me sem vaidade), o sofrimento extremo de garotos pelo meu prazer na mesma medida, agora sinto-me esvaziado, desorientado. Depois de percorrer os recessos da minha vontade à custa da dor de dezenas de meninos, já não sei direito para onde ir. Não consigo ver, à frente, nada que me tire desta prostração diante dos morros atrás dos quais o sol se pôs e diante das estrelas que começam a cintilar.

Ainda assim, pergunto-me: terei enfim ido longe demais? Terei enfim chegado lá, onde quer que lá seja? Degolei e degolei de novo, eviscerei, castrei, estuprei, rasguei peles com os ossos fraturados após torções vagarosas, rompi tendões e nervos com os dentes, abri a navalhadas fendas em todas as partes tenras de corpos ainda vivos, e nelas enfiei meu pênis para adensar com esperma o sangue vazado, que também bebi misturado ao vinho e no qual banhei-me, forcei um irmão a executar o outro sob a ameaça de um machado, que depois acabou por desabar no pescoço do assassino, matei de fome e sede — e provavelmente de horror — crianças acorrentadas que foram obrigadas a assistir a boa parte desses atos, enrolei-me, dançando, nas vísceras extraídas do abdômen de um menino ainda vivo, conforme eu via seu olhar apagar-se; e muito, muito mais eu fiz, em nome do êxtase, da elevação, da *verdadeira* e *derradeira* experiência vital.

Não havia premeditação; cada ato era decidido na hora, no

momento em que me deparava com o garotinho que me era trazido. Não sei explicar bem. Apenas contemplava-o e, diante de seu desesperado conjunto, eu sabia o que fazer, como proceder. Cego e surdo pela fúria de minha cobiça, só era capaz de solicitar a Tomé os instrumentos de que precisaria. No entanto, agora...
— Senhor?
Após uma rápida batida na porta, Tomé entra para avisar-me de que está tudo pronto, como de costume. Devo me apressar: além da robusta remuneração, a minha pontualidade é outra forma de reconhecer o exaustivo trabalho que ele e seus homens realizam para mim.
Caminhamos em silêncio rumo à adega, que fica do outro lado deste casarão — uma antiga sede de fazenda no meio do nada absoluto. Tomé a encontrou por uma pechincha, já que os bisnetos do proprietário, incapazes de cuidar da propriedade, precisavam vendê-la para pagar dívidas. É um verdadeiro achado — a cidade mais próxima fica a vinte quilômetros daqui. Longe o bastante dos gritos que por vezes escapam do curral que foi isolado acusticamente, onde são mantidos os garotos recolhidos pelos homens durante suas investidas pela região.
Este costume ser um trajeto que faço no mais inflamado dos temperamentos. Hoje, entretanto, é diferente. A angústia se adensa: a crueldade só se justifica pelo prazer que extraio dela. Depois de meses corrompendo corpos das formas mais extraordinárias que fui capaz de conceber, não consigo vislumbrar novos caminhos. Resigno-me a tentar encontrar algum quando o momento chegar.
Após atravessarmos vários cômodos, chegamos à sala de leitura em cujo piso está o alçapão. Tomé o ergue com algum esforço, revelando a escada em forma de caracol. Revela, também, súplicas e gritos agudos — sons que sempre me elevaram às mais prazerosas esferas da antecipação. Nesta noite, contudo, não me movo nem comovo. O desespero do menino, pois eu ordenei que só fosse trazido um deles, não me revela nada.
Desço enfim e olho para ele. Está ao fundo do cômodo amplo, úmido e ocre que é a adega, iluminado por quatro lamparinas suspensas — uma em cada canto. Dois dos homens de Tomé seguram-no pelos pés e pelas mãos, mas sem muita força, pois sua compleição é como a de vários outros: mirrada, frágil. À esquerda estão as prateleiras que acomodam meus instrumentos,

já escuros pelo sangue. Decerto uma visão tenebrosa para o garoto, que berra e baba; mal consegue proferir palavras, engasgado pelo choro.

Aproximo-me, ainda incapaz de tomar uma decisão. Agacho-me e o encaro. O garotinho olha fundo para mim, pedindo pela mãe. Algo me toca.

— Ah, meu pobre menino... Estes homens maus estão te prendendo, não é? Você só quer voltar pra sua mãe, não é?

Ele grita, grita que sim. Estendo o braço esquerdo e olho para os homens que o seguram; no mesmo instante, soltam-no. E eu o abraço.

— Venha cá... pronto — digo, acolhendo-o com carinho, acariciando sua pequena nuca. — Não se preocupe. Vou te tirar daqui e você vai voltar pra sua mamãe. — Ele se agarra a mim com todas as forças, envolvendo-me a cintura com as pernas. Levanto-me, apertando-o ainda mais.

— Você deve estar morrendo de saudade dela — sussurro-lhe no ouvido enquanto caminho pela adega, ninando-o, sem ligar para Tomé e seus homens. Aos poucos, a criança vai se acalmando. Eu continuo a falar-lhe com suavidade:

— Sim, a ligação entre você e a mamãe é muito forte, não é? Mais forte do que a carne ou qualquer outra matéria...

Aos poucos, tudo vai ficando mais claro. O caminho revela-se à minha frente, diáfano porém glorioso, como talvez nenhum outro tenha sido. Aperto aquele corpinho com cada vez mais força contra o meu. Um pressentimento e a dor do aperto fazem com que o menino volte a chorar.

— ...é espiritual. E é por aqui que vamos, agora.

Aperto-o ainda mais, em transe, atento à fratura em seu íntimo.

— Para baixo, sempre para baixo.

A faca em minha mão esquerda atravessa-lhe o pescoço até chegar às cordas vocais. O choro agudo transforma-se em gorgolejo, depois em engasgo, e depois em nada. Redivivo, descubro no silêncio o ruído de um espírito ao ser aniquilado.

FORA DO FOCO

Fábia era ambiciosa. Embora jovem, já ocupava o cargo de gerente de marketing em uma grande empresa sediada na capital. Uma façanha, sem dúvida, mas não uma surpresa para quem a conhecia. A moça jamais escondeu de familiares e amigos os objetivos que definira para a própria vida: ascender rápido na carreira e juntar o máximo de dinheiro que pudesse para se aposentar cedo. O que, para ela, significava sair do país. Fábia tinha foco, como se diz no jargão contemporâneo. Mas não um foco qualquer: o dela era claro — e restrito. Tinha lugar apenas para o trabalho, a família, poucos amigos e Shenzi, sua cadelinha vira-latas de estimação. Fora daquele diâmetro iluminado, pouco ou nada importava.

No entanto, até os jovens precisam de uma pausa. Foi o caso de Fábia, em certo momento de sua promissora carreira. Depois de cerca de um ano trabalhando sem interrupção no reposicionamento da principal marca da companhia, ela se viu na iminência de um verdadeiro ataque de nervos, ou de uma síndrome de *burnout*.

Foi um período intenso, durante o qual negociou longamente consigo mesma uma trégua. O corpo e a cabeça cobravam-na. O ar lhe faltava com frequência; sempre centrada, passou a se sentir dispersa, incapaz de prestar atenção ao que quer que fosse por mais de dez minutos. Aquela não era ela, sabia bem. Os anos dedicados ao trabalho renderam passos importantes na carreira que planejara, sem dúvida. Mas, concluído o processo de reposicionamento, era hora de tirar umas férias.

Desde o início, longas viagens não estiveram nos planos, por mais que ela quisesse. Tinha que ser prática. Precisava mesmo era de descanso, dias e dias de descanso, para voltar refeita. Conheceria o mundo quando deixasse para trás, de vez, aquela terra em que havia nascido. Por agora, precisava desligar o despertador, guardar o computador, desativar a agenda do celular e passar um bom tempo sem outra preocupação a não ser qual livro ler, a qual filme assistir, o que comer. Se conseguisse, claro; pelo menos estava pronta para tentar.

Passar as férias na metrópole também estava fora de cogitação. De jeito nenhum. Lá, quase tudo remetia a trabalho — a parte que importava, pelo menos. Sim, a cidade era imensa, complexa, interminável; mas, para Fábia, restringia-se a algumas medidas bem definidas. Os oitenta metros quadrados do apartamento em que morava; os três quilômetros que percorria até a empresa dentro do SUV; o metro e meio que ocupava na bancada do marketing; os quatrocentos metros quadrados da praça em que passeava com Shenzi; os duzentos do sobrado em que os pais moravam; e mais outros de casas de amigos, de bares, do apartamento de um ou outro *crush* ocasional. Para além disso, nada. Não a interessava circular pela cidade em que vivia desde o nascimento. Não precisava andar por ela para comprovar o quão feia, imunda, mal frequentada e perigosa era.

Cogitou, então, procurar por algum *spa* ou *resort* por perto da metrópole. Alguma experiência nova, talvez, de "relaxamento quântico" ou algo do tipo. Mas a oferta de Olívia pareceu-lhe muito mais interessante. A amiga sugeriu que ela fosse para a chácara de sua família, a pouco mais de setenta quilômetros da cidade. "Só que o lugar é tão, tão calmo, que esses setenta quilômetros vão parecer setecentos, amiga, confia em mim."

Fábia não precisou de muitos argumentos para se convencer. Bastou ver algumas fotos para entender que o lugar era mesmo sossegado, super charmoso, que estava perto de uma área de preservação ambiental e que ficava ao lado de um enorme lago artificial. Acima de tudo, bastou ela fazer as contas: o dinheiro economizado com a viagem que *não faria* iria direto para o "*escape fund*", como chamava a conta em que acumulava os recursos da futura aposentadoria.

Quanto à segurança — uma verdadeira paranoia —, Olívia a tranquilizou: o acesso à chácara era bastante difícil, por uma trilha de terra íngreme e acidentada; e a propriedade, totalmente murada, com arame farpado. Além disso, havia um senhor que aparecia duas vezes por semana para cuidar do jardim. Funcionário de longa data, confiável. Em anos e anos, jamais tiveram problema algum com a propriedade, ela poderia ir tranquila.

Assim sendo, Fábia partiu para lá já no segundo dia de férias. Levava uma mala grande — Olívia a alertara sobre o frio na região, sempre quatro ou cinco graus abaixo da temperatura na capital — e Shenzi. O nome viera de uma das hienas de *Rei Leão*, que Fábia adorava desde a infância: a cadelinha tinha pelos brancos sarapintados de preto e um tufo eriçado logo atrás da nuca, o que de fato conferia a ela um aspecto selvagem. Mas o pequeno porte e o temperamento dócil a situavam no exato oposto daqueles animais tão traiçoeiros e ferozes.

As duas chegaram no entardecer de um domingo outonal, depois de serpentear por uma estrada espremida e de vencer alguns quilômetros de uma difícil subida. Fábia passou quase toda a viagem apreensiva com Shenzi, que parecia tonta, prestes a devolver no banco de couro do passageiro a ração que comera antes de sair.

Já perto da chácara, algo lhe chamou a atenção. Entre um relance e outro para a cachorrinha, reparou no que pareciam ser cartazes espalhados por diferentes pontos da região. Os anos e anos avaliando *layouts* de agências de propaganda haviam treinado seus olhos, preparando-os para captar muitos detalhes em pouco tempo, e aqueles a inquietaram. Mesmo em movimento, notou-os em postes e árvores. Não chegou a reter seus conteúdos, no entanto. De longe, pareciam cartazes de pessoas desaparecidas, ou de uma pessoa desaparecida. Aquilo a intrigou.

A inquietação passou assim que ela abriu o portão eletrônico da chácara e estacionou o SUV no gramado. O lugar era magnífico. Fábia não sabia o que contemplar primeiro: se a casa de tijolos pintados de branco e batentes de madeira escura; se, acima dela, o céu ainda azul e despovoado de nuvens; ou se, por todos os lados, os jardins, os arbustos e os arvoredos por onde se espalhavam flores cujas cores a atmosfera cristalina fazia vibrar.

Olívia tinha razão: Fábia sentiu o ar resfriado assim que desceu do carro. E perfumado, também, por pinheiros ou algo do tipo. Seu olfato não era grande coisa. Fechou o portão antes de soltar Shenzi, que parecia ansiosa para explorar. Olívia a tranquilizara a respeito disso: se mantivesse o local fechado, não haveria riscos de a cadelinha fugir. Assim que ouviu o estrondo das placas de madeira se fechando, colocou-a na grama. Shenzi hesitou um pouco, depois disparou pelo amplo terreno.

Fábia a acompanhou, aproveitando para conhecer o local. Era mesmo calmo e lindo; o jardineiro fazia um excelente trabalho, e só se ouvia o canto de pássaros. Tamanha era a quietude que, ao chamar por Shenzi, Fábia se assustou com o som da própria voz. A vira-latas veio correndo em sua direção, o rabo como um pequeno limpador de para-brisas na velocidade máxima. Quando a pegou no colo, ouviu os latidos pela primeira vez. Distantes, quase desaparecendo em meio aos ganidos de felicidade de Shenzi. Eram graves, imponentes, provavelmente de algum animal de grande porte. Fábia, no entanto, prestou pouca atenção a eles. Deviam ser de algum cachorro das redondezas, ainda que não parecesse haver vizinhos por ali. Algum bicho solto, estranhando o ruído do motor do carro e os latidos esparsos e estridentes da cadelinha. Ela olhou ao redor, detendo-se diante do sol que já resvalava nos morros afastados, e se dirigiu para a casa.

Conseguiu abrir a porta com a terceira chave que tentou. De pé no batente, ela se dividiu: o corpo arrepiou-se diante da corrente fria que passou por ali, e a mente se encantou pela atmosfera de aconchego que pairava na grande sala à frente. As cortinas, os estofados, os tijolos brancos aparentes, os objetos de madeira: tudo compunha um espaço que envolvia seu estado de espírito e suas expectativas como uma espessa e perfumada manta de veludo.

Era exatamente o que queria. Após colocar Shenzi no assoalho de madeira, tirou o celular do bolso para enviar uma mensagem a Olívia. Precisava lembrá-la de que ela era sua BFF, e que tinha a casa de campo mais *top* do mundo. Mas o pequeno "x" no canto superior direito da tela lhe trouxe à mente outra orientação importante: não havia sinal de celular em lugar algum. Ela precisaria se conectar ao *wi-fi*, cuja senha estava... Claro, na primeira gaveta da cômoda ao lado da porta de entrada. Era o que dizia o pequeno papel com instruções entregue pela amiga ao se despedirem.

Após conectar-se, Fábia escreveu para Olívia, olhou as notificações e colocou o celular na cômoda, afastado de si. Nas férias, prometera-se recorrer o mínimo possível ao dispositivo, essa fonte inesgotável de ansiedade. Seria bem difícil, mas tentaria.

Enquanto Shenzi farejava a casa, ela foi explorar os outros cômodos. Logo achou o quarto indicado por Olívia como o principal: uma adorável suíte, acanhada no espaço, mas com o teto forrado por tábuas de madeira acompanhando a inclinação do telhado. Ao colocar a mala em cima de um baú, suspirou de contentamento. Era quase como hospedar-se em um daqueles acolhedores sótãos dos filmes a que assistia. Ou como aquelas imagens de *flats* europeus que adorava cobiçar em perfis no Instagram, e que um dia pretendia usar como referência para a sua própria casa, a muitos milhares de quilômetros dali. Naquele momento, estava em um deles; só faltava a claraboia.

Resolveu procurar por Shenzi, que não estava por perto. Chamou-a algumas vezes e aguardou: nada. Nem sinal do chapinhar das patinhas dela no assoalho, aquele ruído tão familiar e que a enchia de um raro afeto. Mas o silêncio não era total. Abafados, porém persistentes, soavam ainda os latidos, os graves latidos. Agora pareciam mais distantes, mais esparsos, mas nada que merecesse atenção. Olívia garantira que a casa estava totalmente cercada por muros altos. O animal não seria capaz de causar danos.

Fábia encontrou a cadelinha pouco depois. Estava na ampla cozinha, atrás de algum inseto em um canto. Poderia haver aranhas, a amiga avisara, mas nada que exigisse preocupação. Eram pequenas, não eram venenosas e caçavam os malditos pernilongos que infestavam o lugar no verão.

Aproveitou que estava por ali para descarregar as compras do mercado e comer, já que seu estômago roncava. A cozinha era simples e bem equipada; a família de Olívia tinha tino para a decoração discreta, daquele tipo que comunica o bom gosto por meio de sutilezas. Era um modelo a seguir, sem dúvida. Sim, Fábia poderia descansar e, quem sabe?, até ser feliz ali. Os próximos dias poderiam ser maravilhosos.

Naquela noite, deitou-se bem mais cedo do que de costume. A cama era tão confortável quanto o restante dos móveis que ela experimentara, e os lençóis, perfumados — Olívia solicitara à moça que costumava limpar a casa que a deixasse pronta para a amiga.

Fábia manteve o celular afastado, no aparador perto da porta, para diminuir o risco de buscá-lo em um rompante. Em um canto do quarto, acomodara a bacia com uma manta que fazia as vezes da cama de Shenzi, que já estava ali. Fazia frio, embora a tapeçaria do quarto atenuasse a sensação. Mas estavam ambas aquecidas, e Fábia logo pegou no sono, embalada pelo ressonar do cão. Ao longe, sumindo aos poucos, os latidos.

Algumas horas depois, ela sentiu algo quente, úmido, avermelhado invadir-lhe a inconsciência. Acordou na escuridão total, ofegante, o coração disparado. Estava atordoada de sono e demorou alguns instantes para atinar com qualquer coisa. O que aconteceu? Um pesadelo, talvez? Parou para escutar e concluiu que não. Foram os ganidos, aqueles terríveis ganidos. Soaram estranhamente molhados e rubros dentro do sono; agora eram bem reais, agudos e lancinantes. De onde vinham? Próximos, quiçá de um terreno vizinho. Algum cachorro parecia desesperado, chorando e rosnando. Shenzi também os ouviu e começou a rosnar baixinho, soando como um motor que espocava. Logo, Fábia escutou o chapinhar característico no assoalho de madeira.

Tateou pelo gaveteiro ao lado da cama até acender a luminária dobrável que ficava ali e direcioná-la. O foco revelou a cadelinha de perfil, em frente à porta do quarto, para a qual olhava sem se mover. O restante do quarto estava escuro. Fábia chamou por Shenzi, mas ela não se mexeu. Os ganidos ao longe se intensificaram e a vira-latas começou a latir nervosa, o montículo de pelos atrás da nuca mais arrepiados do que o normal. Aquilo aumentou a apreensão de Fábia, porque o cão parecia agitado por algo atrás da porta. Saiu da cama e no mesmo instante se arrependeu, pois fazia muito frio. Mas tinha que verificar, ou não conseguiria dormir de novo.

Assim que se aproximou de Shenzi e da porta, acendeu a luz do quarto. Tudo se aquietou. A cadelinha parou de latir e os ganidos distantes cessaram. Fábia ficou ali, o tempo marcado pelas batidas de seu coração, que desacelerava. Abriu a porta, enfim: não havia nada além do corredor iluminado por um abajur de cúpula amarelada. Fechou e trancou-a. Depois de carregar a cadelinha de volta para a cama, deitou-se, reencontrando o sono a seguir.

No dia seguinte, acordou com o sol já perto do zênite. Ao se espreguiçar, sentiu-se renovada. Sobre o episódio noturno, atribuiu sua preocupação ao fato de que, na madrugada, os pensamentos são mais selvagens; apenas isso. Shenzi devia ter se assustado com algum ruído estrutural da casa — do madeiramento, que costuma reclamar das oscilações de temperatura ocorridas entre o dia e a noite.

Agora, a cadelinha circulava de um lado para outro no quarto, e saiu correndo quando ela abriu a porta da casa, para se aliviar. Enquanto a esperava, Fábia mandou mensagens para Olívia, elogiando mais uma vez o bom gosto de sua família e perguntando sobre cachorros na vizinhança. A amiga agradeceu e, sobre os animais, disse não saber de nada específico. De fato, não se lembrava de vizinhos, não por muitos quilômetros. Tudo bem, aquilo não era nada de mais.

Três dias se seguiram assim, serenos. Fábia os passou praticamente deitada, boa parte do tempo assistindo a filmes e séries no laptop que trouxera. Estava conseguindo reorientar o foco de sua vida para si própria, e para Shenzi. Nada além.

Também incluíra livros na mala — ler mais era outra regra que impusera a si mesma. A maioria vinha da lista de "mais vendidos" da principal revista semanal da cidade: as oito lições dos executivos vencedores, os quatorze passos de um criador de unicórnios, e por aí vai. Mesmo assim, as plataformas de *streaming* continuavam mais sedutoras. Vez ou outra, ela saía para circular pelo terreno, apreciando o trabalho de Moacir, o jardineiro. Pelo menos até conhecê-lo, três dias após sua chegada: um senhor carrancudo e de poucas palavras, grosseiro até, muito magro, a pele sulcada pelo sol. Pela primeira vez, teve que discordar da amiga: ele não pareceu nada confiável. Podia ser um artista, mas lhe faltava o básico da educação para com a patroa, cargo que ela temporariamente assumira. Fosse seu empregado, não duraria um dia sequer.

Na verdade, não estava surpresa. Olívia sempre foi frouxa com os empregados. Leve, condescendente demais. Mas Fábia, não. Sabia se fazer obedecer. Prova disso era o respeito temeroso a ela dedicado pelo time de seis pessoas que coordenava. Era uma das equipes do departamento que mais "entregavam". Quando tivesse oportunidade, daria alguns conselhos à amiga.

Já aos latidos afastados, que persistiam e cujos timbres variavam, ela acabou se acostumando. E não acordou mais nas madrugadas seguintes. Em todo caso, passou a trancar as portas da casa antes de dormir.

O quarto dia também transcorreu tranquilo. Fábia passou boa parte dele na cozinha, preparando seu almoço (que acabou virando jantar) e algumas sobremesas — gostava de cozinhar, mesmo que apenas para si mesma. Abriu uma das garrafas de vinho que levara, um *rosé* recomendado por amigos do grupo de *WhatsApp* do trabalho. Bebeu-o com calma, do final da manhã até o final da tarde, quando terminou de comer. Shenzi não saiu do seu lado, atenta aos ingredientes que vez por outra caíam no piso de cerâmica da cozinha. Ao longe, os latidos persistiam, agora num registro mais agudo. Pelo menos não houve mais ganidos.

Saciada e um pouco tonta, Fábia arrastou-se até o quarto e se lançou na cama alaranjada, banhada pelo sol poente. Mais um dia claro e frio se foi. Pouco antes de adormecer, ela ouviu, por cima dos latidos, o chapinhar da cadelinha, que também vinha se acomodar por ali depois de circular um pouco. O ruído das patas na madeira acompanhou-a rumo ao esquecimento.

Acordou algumas horas depois, já com noite feita. Despiu-se, fechou as portas, aninhou Shenzi e voltou para a cama.

Despertou enfim na manhã seguinte, bem cedo. Por algum tempo, fitou o teto, esperando a consciência se instalar por completo.

Só então se deu conta de que havia algo errado: a porta do quarto estava entreaberta. Como, se tinha certeza de que a trancara? Num sobressalto, desperta, olhou para a cama de Shenzi: vazia. Com movimentos bruscos e irrefletidos, ela saiu pelos cômodos chamando pela vira-latas, sem obter resposta.

Não estava na casa. Tampouco estava na parte de fora, que Fábia percorreu num ritmo cardíaco, escorregando algumas vezes na grama úmida pelo orvalho. Um baque soou por perto: a porta batida por Moacir, que acabava de chegar. Ela correu até o jardineiro e perguntou, entre afoita e ríspida, se ele havia visto a cachorrinha. O homem a olhou desconfiado por alguns segundos. Depois, balançou a cabeça negativamente, sem proferir palavra. Muito irritada, Fábia o destratou e entrou no carro para procurá-la.

Passou quase todo o dia dirigindo pela região. Cruzou com poucas pessoas, mas nenhuma havia visto o animalzinho que ela, aflita, descrevia. Algumas pareciam ter dificuldades de entendê-la, e mais ainda de se expressar, caipiras tapadas que eram. Em meio à raiva e à angústia, Fábia percebeu que elas possuíam algo em comum: uma compleição parecida com a do maldito jardineiro, esquálida e maltratada.

Enquanto dirigia, ela também reparou nos cartazes espalhados pela estrada. E descobriu que anunciavam cães desaparecidos. Vários. Pensou imediatamente nos latidos, nos ganidos e nos rosnados. Tudo aquilo despertou sua intuição e transformou a apreensão em desespero.

Voltou para a chácara no meio da tarde, afônica devido aos berros lançados pela janela do carro. Esperava encontrar Shenzi na propriedade, mas não. Olívia, para quem ligou, não podia ajudá-la, não sabia como. Tampouco ouvira falar do desaparecimento de cachorros pela região. Fábia não suportava pensar na cadelinha solta, desamparada. Usou a pouca voz que restava para gritar por Shenzi até escurecer, dando voltas e voltas pelo terreno; em resposta, só ouviu os malditos latidos afastados, nenhum deles parecendo ser o de seu animal.

Por volta das dez horas da noite, interrompeu a busca. Decidiu abrir outro vinho; não via alternativa a não ser entorpecer-se. Tentaria dormir um pouco e madrugaria no dia seguinte para continuar a procurar. Também pegou o celular e mergulhou em conversas particulares e em grupos. Uma garrafa e meia de *pinot noir* mais tarde, ela acabou adormecendo, os olhos ardendo com a luminosidade do aparelho e o rosto inchado de tanto chorar.

No meio da noite, despertou de um sono frágil. O quarto estava escuro, como de costume. Ela se sobressaltou. Apurou os ouvidos e assegurou-se de que havia mesmo despertado: sim, era agudo, como são agudos todos os sons quando enxergamos pouco ou nada.

Era o chapinhar de Shenzi que ela escutava.

As patinhas estapeavam levemente o piso, ali por perto. Quando acendeu a luz, no entanto, o som desapareceu. Não era possível, a mente lhe pregava alguma peça. Segundos depois, arrepiou-se até a medula e a respiração falhou: de longe, do escuro lá fora, a brisa noturna trouxe os latidos inconfundíveis. Eles logo se converteram em ganidos, ganidos estridentes. Era ela.

Fábia vestiu tênis e moletom e, após bater o portão da chácara, disparou na direção do som, usando a lanterna do celular para se orientar — um foco branco e irregular, que acentuava a escuridão ao redor.

A adrenalina a impelia e a apreensão a sufocava. Logo se embrenhou por um matagal a cerca de cem metros da propriedade, a luz vacilante apontada para o chão, os gritos roucos chamando pela cadelinha ecoando ao redor. Os latidos e ganidos ficavam mais próximos a cada passo; mas Fábia começou a ouvir outros. Seria um canil ou algo do tipo? A cada vez que chamava por Shenzi, respondiam-lhe gemidos caninos ainda mais dolorosos.

Acelerou o passo. Cuidava para saltar as raízes e os troncos emaranhados pelo chão úmido, até que um movimento no canto de seus olhos obrigou-a a parar. Vinha do alto à esquerda. Em meio às árvores, alguma coisa se movia. Ofegante, Fábia hesitou antes de apontar para lá o celular. Quando o fez, desviou o aparelho no instante seguinte, horrorizada; mas o estrago foi feito. Menos de um segundo bastou para cauterizar, em seu cérebro, aquela fotografia horrenda: três cães enforcados, pendurados no tronco de uma árvore. Os olhos opacos, vazios. E pior: os corpos despedaçados, gotejantes. Fábia notou esse detalhe após apontar novamente para lá a luz do celular. Ao fazê-lo, não conteve o grito, mas tampouco conteve um certo alívio: Shenzi não era um dos animais.

O que era aquilo? Quem teria feito algo do tipo? Reduziu o ritmo; mas seguiu avançando, gritando por Shenzi. O foco pálido do celular mostrava mato e mais mato por todos os lados.

Então, fora do alcance da luz, Fábia viu o que pareciam ser pontos luminosos. Movendo-se. Ela pensou em vagalumes, mas não. Eram avermelhados. Como brasas, brasas minúsculas flutuando na escuridão. Havia muitas, cintilando no local de onde pareciam vir os latidos e ganidos. Um odor a golpeou com força também. Talvez já estivesse por ali, fedor sutil, mas agora era intolerável, repulsivo. Uma mistura de carne queimada e merda. Sim, o inconfundível cheiro de merda humana, que ela sentira muitas vezes andando pela cidade, até mesmo pelo seu próprio bairro.

Fábia se aproximou pé ante pé daqueles pontos luminosos. Antes mesmo de lançar para lá a luz do celular, no entanto, voltou a gritar: agarraram-lhe. Sentiu mãos ásperas, calosas, apertando com força sua cintura, seus ombros, seu pescoço, suas pernas. O celular escapou de sua mão e caiu, prendendo-se no meio de um arbusto, a lanterna ainda acesa. Ela perdera o controle do foco, e seus olhos treinados perceberam rápido que estavam diante de um pesadelo.

A menos de um metro de distância, duas criaturas emaciadas olhavam-na, vidradas; havia fúria e fome em suas expressões. As mãos livres pinçavam o que pareciam ser cachimbos improvisados. Fábia não conseguia enxergar quem a segurava, mas intuía serem figuras semelhantes. Ao redor, o espaço era como uma clareira, uma imunda clareira. Havia insetos, fogueiras esparsas, cadáveres de animais espalhados e montes do que parecia ser excremento. Também entreviu, ao fundo, mais figuras daquelas, grotescas e doentias. Várias; caminhavam lentamente, algumas encobertas por mantas cinzas, recortadas contra as chamas e as árvores. Outras mãos surgiram, além daquelas que ainda retinham Fábia. Apertaram-lhe os seios, o rosto, a bunda, as coxas. Chupando o ar, ela mal conseguia se mover, mas era capaz de sentir, de ouvir e de ver. Sentia o fedor de merda e mijo por todos os lados, e o odor adocicado, enjoativo da carne queimada. Ouvia os gemidos estranhos que vinham daquelas criaturas decrépitas bafejando bem perto do seu rosto; e ouvia também a algazarra de latidos e ganidos por todos os lados. Por fim, viu. E chorou até a cabeça estourar.

À direita, Shenzi surgiu esperneando, agarrada por duas figuras sombrias. Uma delas segurava com ódio a cabeça da cadelinha, e a outra apertava-lhe a parte traseira. Por mais que a moça gritasse, ninguém parecia se dar conta de sua presença ali, além das criaturas que a seguravam e apalpavam — e além da vira-latas, que gania desesperada ao ouvir a voz familiar. Trôpegas, arrastando-se, outras criaturas se aproximaram da dupla que prendia o animal. Quase todas levavam os pontos luminosos dos cachimbos nas mãos. Quando as duas figuras que agarravam Shenzi se deram conta da aproximação das outras, pareceram receber um choque elétrico. Aos espasmos, com violentos solavancos em direções opostas, foram arrebentando a cadelinha, rasgando sua pele e suas vísceras; os latidos se transformaram em ruídos de um timbre lancinante, medonho, e, por fim, em gorgolejos. Então, cada uma delas correu com seu pedaço do cãozinho para as sombras, sendo perseguida por grupos gementes.

Fábia soltou o último e horrorizado grito. Depois, um poderoso golpe em sua nuca enfim aniquilou o foco e qualquer outra luz.

UMA OFERENDA

[...] *Espera*, disto eu me lembro. Da música em meio a vozes que conheço, mas não reconheço; sim, esta música, ainda que abafada. Sei qual é a melodia. Sei que vem de longe. Este sussurro, um leito de vozes mansas ao fundo, as batidas bem marcadas aqui perto de mim... E mais perto ainda; é um... Como se chama, saxofone? Não, não é isso, é mais suave, mais contido. Uma flauta, acho que sim.
— Caramba, isto é diferente.
— O quê, prima?
— O olhar dele.
Quando ouvi isto antes? Em outro lugar, não aqui. Um outro espaço, mais difícil de enxergar. Pela janela acho que o céu era o mesmo, mas não tenho certeza. A música, essa música vai dar um jeito. Só preciso ouvi-la com cuidado. O coral, reconheço-o, é ele que começa a borrar este... quarto? Sim, é um quarto, mas não sei qual, já que está envolvido pela névoa. Não a névoa que me assusta e odeio, mas outra, de transformação. Este quarto alienado está sumindo. E outro se delineia, aquele que quero tanto, sem saber direito o porquê. Já o entrevejo, está quase... É bem outro, mesmo, muito melhor que est...
— Ele tá apertando os olhos.
— Quer dizer que tá gostando. Ótima ideia essa de trazer a música.
— Acho que é a preferida dele. Lembra de quando a gente era pequena e vinha pra cá nos domingos de manhã?
— Claro. Ele ouvia o disco inteiro na sala enquanto a vovó ia comprar coisas pro almoço.
— E ai da gente se atrapalhasse!
[...] *Agora a música soa clara e familiar, as vozes ficam para trás. A percussão, a flauta, o coral, os sussurros, tudo se reúne e os contornos ficam mais definidos à frente. Sim... Sim! É o meu quarto que sai da bruma. Não este, este não é bem meu; mas o quarto de muito tempo atrás, agora me lembro. Onde caminhei de menino a moço.*

— Ele tá...
— Chorando, sim.
— E os olhos, os olhos tão focando mais! Nossa, prima, fazia meses que ele mal se expressava! Quase sem se mexer, os olhos arregalados e fixos no nada, era super assustador. Você tem o disco inteiro aí no celular?
— Tenho, baixei só pra trazer pra ele.
— Que lindo. Vou chamar a vovó, ela tem que ver isto.
— Vou com você. Preciso procurar o Sassá, ele sumiu faz algum tempo.
— Deve estar marcando o território pela casa. Ele não tinha vindo aqui, né?
— Não, mas ainda não vacinei. É melhor tomar cuidado com ele. Vou deixar o som rolando pro vovô.
— Isso, deixa. Ele tá *quase* sorrindo, olha só.
— Pena que meu celular tá com pouca bateria.

Tudo se define pela música! A minha cama estreita, minha cama-barco ancorada no carpete-mar avermelhado. O teto-universo cheio de estrelas e planetas que ainda não brilham, não por enquanto. E no centro dele, a tremenda e sinistra aranha-ventilador — enquanto estiver parada e silenciosa, não há perigo. À direita, os armários-portais, à espera de serem abertos. À frente e à esquerda, as gavetas do mistério. E, partindo delas até o teto, as estantes com os vãos retangulares, os vãos-cavernas. Tudo muito nítido ao meu redor. Os vãos-cavernas!

— Olha, vó!
— Ai, meninas, vocês têm razão! Os olhos dele... É o Lauro, o meu Laurinho!
— Não vai chorar também, vó, se não eu...
— Falou tarde demais, prima.
— Oi, meu bem. Sou eu sim, a sua Isinha. Meninas, que emoção...

E nos vãos-cavernas... Ah, vocês, meus amigos, que saudade! Aí estão. Todos? Parece que sim! Como é bom revê-los! Vocês se lembram de mim, certo? Foi essa música que me trouxe de volta e nos reuniu! Conseguem escutá-la? Senti-la? Quantas noites a ouvimos juntos? Vocês aí à esquerda, meus leais soldados, claro que se lembram de como marchamos ao som dela pelos ermos da Moldávia e pelas vastidões da Etiópia rumo a tremendos...

— Sulinha, liga o ventilador, filha? Tá quente demais aqui.

Mas o que é isso? Tem algo errado com a música.
— Calma, Sassá, sossega! Este é o vovô, olha só. Agora ele tá ouvindo a música preferida dele, fica aí calminho.
— Acho que o Sassá também tá emocionado.
— Mas o latido é estridente.
— E o ventilador é barulhento.
— Meninas, parem de reclamar. Olhem o avô de vocês! Pronto, Lauro, não é nada. Meu amado Laurinho, estamos aqui. *Esta voz, sim, é bem-vinda aqui, ainda que eu não saiba bem o porquê. O outro barulho, não. Agora... para onde foi a música? Acabou? Mas vocês continuem por aqui, meus amigos. Não vão embora, por favor, agora que nos reencontramos. E o maldito ruído...*
— Pra onde ele tá olhando? Não é pra você, né, vó?
— Não, querida, acho que é pro teto, pro ventilador. Pelo menos está olhando pra algum lugar. E a mão dele está bem mais quente, olha. Fazia meses que estava fria que só.
— E essa outra música? Ele também gosta, né, vó?
— Sim, meu amor, pode deixar. O disco inteiro, se você tiver aí. *Agora ouçam. Esta outra! A percussão marcial que vai crescendo, os tambores rufando antes da batalha. Claro, claro que todos conhecemos. Principalmente o meu bravo comandante Tálon. Você está por aí? Ei-lo exatamente igual! Altaneiro e audaz, à frente do primeiro regimento! Quantas e quantas missões juntos, meu velho. Este era o som das lutas, lembra? Após a música anterior embalar as marchas, era essa que deflagrava o confronto. O ritmo acelerado e mais violento; e o coral ao fundo. Um cântico fúnebre, Tálon, lembra? Homenagem imerecida às almas dos inimigos que despachávamos com ímpeto e astúcia, lançando-as no abismo do qual jamais deveriam ter se erguido.*
— Olha, vó, os braços!
— Estou vendo, querida. É... é um milagre.
— Até a cor dele mudou, tá menos páli... Sassá, para! Sossega, mas que coisa!
Este barulho de novo? Por cima da música? Não! Fiquem aqui, todos vocês! A música está por aí ainda, não ouvem? Barulho medonho!
— Acho que incomoda mesmo o vovô, olha a cara de bravo dele.

— Não sei o que acontece, o Sassá não costuma ser infernal assim. Vou passear com ele pela casa. E olha, tem só três por cento de bateria.

Hm, esta voz sim, e a música... A música também daquela aventura no castelo sitiado, que quase acabou com todos nós. Vocês se lembram? Foi por muito, muito pouco! A horda interminável de demônios, a fúria com que investiam contra a fortaleza... Depois descobrimos que foram conjurados pelo antigo dono para nos tirar de lá e retomar a propriedade. Mas que batalha travamos, não foi, meus amigos? Deixem-me vê-los mais de perto, não estou acreditando!

— Parece que ele quer se levantar.
— E se nós ajudássemos, vó?
— Ai, não sei, Sula, faz meses que ele está aí deitado.

Sim, precisei da ajuda de todos vocês — todos os regimentos do meu incansável exército! Quando os demônios conseguiram derrubar os portões do castelo, entraram nele numa ventania vertiginosa, como um enxame de insetos gigantescos. Foi apavorante...

— Ah, olha, ele está mexendo os braços, as pernas!
— Eu sei, mas ele pode cair de novo, como da outra vez. E o enfermeiro está de folga, não sei se aguentamos carregá-lo.
— Nós três? Conseguimos, sim.

...mas vencemos. Ficamos unidos e montamos uma parede de escudos quase intransponível enquanto nossos arqueiros investiam com a precisão de sempre. E os poucos demônios que ultrapassaram a barreira encontraram os fios de nossas espadas mais letais do que nunca. Foi selvagem, foi brutal, mas vencemos. Vamos, quero vê-los!

— Ele está quase se erguendo sozinho, vó.
— Tá, podemos levantar a cama. Gira essa manivela aí, a que fica no pé dela. Cadê a Katita?
— Foi dar uma volta com o Sassá, já vem.
— Assim, devagar.

E a música, essa música, marcando toda a aventura! Ela continua a mesma, longa como os nossos combates, gloriosa como as nossas vitórias. Entre elas, a mais memorável foi, sem dúvida, aquela em que comigo estiveram vocês aí em cima, minhas queridas criaturinhas, meus temíveis monstros da argila. Lembro-me muito bem do dia em que dei forma a vocês, numa noite pacata e quente.

— Os dedos dele...
— É o artista, o escultor que está aparecendo. Não é, Laurinho? Amava cada uma de vocês como as filhas que, hoje percebo, vocês eram. E depositei em vocês toda fúria de que eu mesmo era capaz de sentir, acrescida da inconsequência que sempre desejei, mas nunca tive. Vocês eram perigosíssimas. Por isso, eu raramente as convocava — só em situações de extremo perigo.
— Vem, meu amor, vem! É inacreditável...
— Ele sempre foi muito forte, vó, um touro!
— Sulinha, pega neste braço e vamos ver se ele consegue se sustentar de pé. Assim. Meu Deus...
Foi o caso daquele maldito exército de amantes! Claro que se lembram de quando levei vocês para uma guerra contra todos aqueles no mundo que amavam alguém. Ou não se lembram? Éramos o exército dos corações solitários. E éramos pouquíssimos, estávamos em número infinitamente menor. Mas, incitados por esses mesmos tambores que ouvimos agora, acabamos com todos eles naquelas noites de esplendor e magia. Na verdade, eu pouco fiz além de contemplar o massacre conduzido por vocês, minhas fiéis, amadas bestas. Nós nos vingamos, e como vibramos! Como festejamos a ruína dos nossos inimigos! Dançamos e dançamos até o amanhecer, por muitos e muitos amanheceres!
— Força, vai! Isso, primeiro pé o esquerdo, depois o direito.
— Kátia, cadê você? Vem ver isto!
Mas também me lembro muito bem da nossa única derrota. Vocês vão se recordar, é claro.
— Ela já vem, dá pra ouvir o cachorro latindo.
— Vó, a música parou. Acho que acabou a bateria do celular dela. Kátia!
Houve um único prenúncio: o fim da música. Estávamos voltando de uma campanha que por pouco não nos destroçara. E fomos surpreendidos pelo silêncio.
— Oi, gente... Caraca! Ele se levantou sozinho?!
— Não, nós ajudamos. Mas ele fica numa boa de pé, Katita, olha só.
— Eu até tinha me esquecido de como ele é alto. Sassá, para, por favor! Olha o vovô, como ele tá bem!
Claro que a aranha, a tremenda aranha do centro do universo, também percebeu o silêncio e a nossa vulnerabilidade. Então,

começou a se movimentar. Bem lentamente, emitindo aquele zunido que nenhum de nós jamais suportou. Aliás, que ninguém jamais suportará. Porque é o som do pavor, e nenhum outro é mais assustador.

— Kátia, a música acabou.
— Foi a bateria do celular, vó. Tava no finzinho e não tenho carregador. Alguém tem?
— Eu não trouxe, prima. A vovó nem celular tem.
— Agora parece que ele tá olhando pro ventilador.

Já estávamos exaustos e desorientados; ficamos apavorados também. Porque a aranha aproveitara nossa fraqueza para nos atacar com sua arma mais poderosa, o ruído da loucura. Fomos devastados e não preciso recordar de que forma. Também sei que vocês, assim como eu, não gostam de se lembrar; mas nem só com triunfos escrevemos nossa história. E vocês devem ter percebido que o monstro continua bem aqui, acima de nós. Vejam. E ouçam.

— É, o olhar dele mudou.
— Mas que coisa, Sassá, já passeamos! Vem cá, vem.
— Vó, é melhor colocarmos o vô de volta na cama, né?
— É, Sulinha.
— Ajuda aqui, prima.
— Tá. Sassá, vai pro chão e fica aí calminho.

A aranha quer um tributo, como sempre. Um sacrifício. Mas agora eu garanto que não será o de nenhum de nós, meus amigos, meus companheiros, minhas criaturas.

— Credo, vô, que cara é essa?
— Sassá!
— Lauro, põe o bicho no chão. Por favor, Lauro!

E garanto...

— Vô, solta o Sassá, você vai matar ele!
— O ventila...
— NÃO!

...que o monstro vai se engasgar com a nossa oferenda.

A CAMINHO DE LÍDIA[12]

— Alô?
— Alô, dona Iara? É a Regina. Tudo bem?
— Oi, Regina. Tudo bem, querida, e você? Algum problema com a Lídia?
— Não, não, pelo contrário. Você a viu nos últimos dias?
— Não vi, mas falei com ela era ainda ontem. Ela parecia bem.
— Isso, eu percebi a mesma coisa na nossa última sessão. Ela parecia mais tranquila, acho que a medicação nova tá fazendo efeito. Aí pensei em te ligar pra saber a sua impressão.
— Bom, no telefone ela parecia bem. Eu fiquei de passar lá, mas ainda não consegui. Tô arrumando a casa, e você sabe como demoro. Não sou mais a mesma de antes...
— Eu sei, querida. Mas, se a senhora conseguir, dá uma passadinha lá hoje, por favor? Ela me ligou agora.
— Agora?
— É, bem cedo, mas só pra dizer que tá tudo bem. A voz dela tava super tranquila, de um jeito que acho que nunca ouvi antes.
— Claro, eu passo lá sim. E te aviso quando sair.
— Obrigada. Acho que vamos ter boas notícias com esse novo remédio que ela tá tomando.
— Deus queira, minha filha.

Iara demorou certo tempo para colocar o telefone de volta no gancho. Ficou segurando o aparelho por alguns segundos, indiferente ao *"tu-tu-tu"* do outro lado da linha; precisava revolver o que tinha acabado de ouvir. Já havia se acostumado a receber ligações da psicóloga da irmã, mas sempre em tom de alarme. "Não estou conseguindo falar com ela" e "sabe se está tudo bem?" eram as frases mais repetidas por Regina. Não havia se preparado para o oposto disso. Um telefonema avisando que sim, estava tudo bem? Era novidade. Ainda com o fone na mão,

---
[12] Conto publicado na antologia *Narrativas do medo vol. 3*, da ed. Avec.

refez os planos do dia enquanto olhava ao redor: decidiu deixar a organização da casa para amanhã. Passaria na casa de Lídia o quanto antes.

"O quanto antes", porém, demoraria a chegar. Iara caminhou devagar da sala até o quarto de seu pequeno apartamento — mais devagar do que o fizera no dia anterior, com certeza. Era evidente que perdia agilidade. Foi difícil tirar a camisola e, ao trajar um vestido florido para sair e calçar as sandálias cor de creme, entre suspiros e gemidos, sentiu-se frustrada. A ligação de Regina a havia deixado alerta naquela manhã, despertando a totalidade de seu cérebro. E foi essa aguda consciência que, sem o querer, ela dirigiu ao próprio corpo de quase 80 anos, cujos movimentos pareciam tornar-se mais incertos e alquebrados a cada novo nascer do sol. Se sua mente seguisse pelo mesmo caminho da carne, não haveria problema. Mas acontecia o oposto: a cabeça permanecia lúcida, veloz, atenta à decrepitude que, dia após dia, avançava sobre seus movimentos, fraquejava seus membros e lhe roubava a energia vital.

Iara ainda estava imersa nesses pensamentos quando fechou a porta do apartamento e entrou no elevador. O solavanco da cabine levou-a de volta para Lídia, e por isso sentiu-se aflita. Agora era a viagem do décimo segundo andar ao térreo que parecia levar uma eternidade. Nunca tinha reparado na lerdeza do elevador, ou no quão barulhento era. Enquanto descia, pareceu-lhe que o prédio inteiro era habitado por ferreiros, e que todos trabalhavam e marretavam naquele exato momento. Quantos anos tinha o trambolho? Iara não saberia dizer, mas decerto era tão velho quanto o prédio. Ela mesma já não se lembrava de quanto tempo fazia que morava lá. Nem de quanto tempo Lídia morava em um edifício igualmente velho, na mesma rua, dois quarteirões acima.

— Bom dia, dona Iara. — A voz de Cícero, o porteiro da manhã, interrompeu-lhe os pensamentos. Assim como o elevador, o homem pareceu estar sentado ali desde sempre.

— Bom dia, Cícero — respondeu com um sussurro.

Fosse qualquer outro dia, ela teria parado ao lado da guarita envidraçada para conversar com o rapaz sobre o clima ou as novidades do prédio. Mas não naquele momento. Seguiu arrastando as sandálias pelo piso de linóleo que levava ao portão gradeado, o olhar fixo em um ponto incerto à frente, mais além.

Iara buscava a data exata em que havia se instalado naquela rua de Perdizes, e logo o ano de 1965 cintilou em sua mente. Sim, mudara-se para o prédio com Egídio, alguns meses depois de se casarem. No começo, alugaram o apartamento; só conseguiram comprá-lo uma década depois. Fora um dos primeiros edifícios erguidos no bairro da zona oeste paulistana, e agora era um dos poucos remanescentes daquela época. O próprio Egídio já não existia; Iara era viúva fazia sete anos. Por uma condição do marido, que não produzia espermatozoides o suficiente, não tiveram filhos.

Lídia, por sua vez, demorou anos para acompanhar a irmã naquela região. Na verdade, a mudança fora sugestão de Amélia, a mãe de ambas. Ao notar a instável condição psicológica da filha mais nova, ela convenceu o marido, Armindo, a comprar um pequeno imóvel próximo ao da primogênita, para que Iara se mantivesse por perto quando os dois não pudessem mais cuidar da caçula. Foi uma decisão acertada, já que, algum tempo depois do casamento da mais velha, Armindo submergiu no Alzheimer, e a mãe teve de se dedicar quase que integralmente a ele. O pai acabou falecendo em 1980 e Amélia o seguiu dois anos depois, em 1982.

Dessas datas, Iara se lembrava muito bem. Recordou-se também, ao atravessar o portão rumo à calçada, do exato instante em que a mãe faleceu; e de como Lídia, contra todas as probabilidades, mostrou-se firme enquanto ela própria sucumbiu. Essas reminiscências a tocaram com suavidade, como a vaga luz do sol matinal. E como os pássaros no ar azulado acima, as memórias perfilaram-se. A morte de Armindo fora esperada, mas a de Amélia, não. Não tão rapidamente, pelo menos. Ela pareceu definhar da noite para o dia, até morrer de inanição. Ou "de desgosto", como se dizia em outros tempos. Iara não aceitou essa rendição e, à tristeza pela morte, juntou-se o ressentimento contra a mãe; pois sabia que, a partir de então, caberia a ela cuidar da irmã, que jamais se casara. Caberia a ela cuidar da família que lhe restava, afinal.

Com o tempo, entretanto, Iara constatou que não havia nada de novo nessa função. De uma forma ou de outra, sempre vigiara Lídia; pelo menos desde suas memórias mais remotas. Quatro anos as separavam, e desde o início ela fora uma espécie de guardiã para a irmã caçula. No entanto, os sintomas dos distúrbios apareceram — ou se tornaram mais evidentes — apenas durante a juventude. Eram meados de 1960, época em que pouco se falava de depressão, e menos ainda de doenças correlatas, como o transtorno bipolar. Mas logo ficou claro que algo não andava bem com Lídia. As mudanças de humor sem razão aparente; os dias e dias de prostração e silêncio, durante os quais os olhos dela estavam sempre úmidos; a compulsão por comida, seguida pela recusa por se alimentar; os indícios foram se multiplicando com o tempo, até se tornarem preocupantes.

— Oi, dona Iara. — Agora foi a voz grave de Nestor, do mercadinho ao lado do prédio, que a pinçou do devaneio. A voz e o estardalhaço metálico da porta de enrolar do estabelecimento, que ele ergueu de uma vez só. — Dia bonito, não é?

— Olá, Nestor. — Iara lançou um rápido olhar para o rosto dele e se inquietou. Algo não parecia certo. Aquele sorriso, talvez? Nestor era um homem taciturno; ela não se lembrava de vê-lo sorrindo. — Sim, dia lindo.

Seguiu adiante, atenta aos buracos e às depressões na calçada, e depois ao dia. De fato estava bonito: nenhuma nuvem no céu, agora azul e profundo. A chuva do dia anterior lavara o véu marrom-acinzentado que se instala em São Paulo durante os períodos mais secos e, à direita, a paisagem arborizada do Pacaembu revelava-se saliente, vibrante. Ela apurou os ouvidos e se deu conta de que o canto dos pássaros soava mais estridente, nítido e belo; soava mais.

Seriam sinais? Indícios de que tudo ficaria bem? Talvez, mas Iara não estava acostumada a nada disso. Na verdade, perdera a conta de quantas vezes fizera o mesmo trajeto cogitando exatamente o oposto — o pior — após uma ligação preocupada de Regina ou da dra. Vilma, a psiquiatra de Lídia. Eram caminhadas tenebrosas, durante as quais ela via o rosto morto e distorcido da irmã em todo lugar, em todos os cantos; chegava a se forçar a essa macabra projeção, de modo a se preparar para o que encontraria quando abrisse a porta. Durante o trajeto, sentia-se acossada pela culpa por não ter feito o bastante, por não ter conseguido salvá-la.

Para piorar, aquelas ligações haviam se tornado mais frequentes nos últimos anos. Com o avanço da idade, a condição da irmã parecia se deteriorar, e as chances de alguma espécie de cura diminuíam. Até então, haviam tentado de tudo, tanto no campo da medicina quanto fora dela. Alguns tratamentos, como a estimulação magnética transcraniana, chegaram a trazer resultados animadores por um razoável período — em outras palavras, estabilidade e equilíbrio. No entanto, a certa altura, inevitavelmente ocorria aquilo que a família temia: a constituição mental de Lídia parecia organizar-se contra o procedimento, rechaçando-o. Então ela voltava a cair, e de alturas vertiginosas. Eram esses os momentos mais preocupantes, em que Iara costumava receber as ligações.

O telefonema daquela manhã, contudo, fora diferente. Lídia ligara para dizer que estava tudo bem; isso era novo. Assim como eram novas as expressões das pessoas com quem Iara cruzava conforme avançava, sempre devagar, rumo ao edifício da irmã. Havia pouca gente por ali, ainda era cedo; mas os rostos pareciam mais leves, mais tranquilos do que de costume. Ou talvez fossem os mesmos de sempre, e o que mudara fora a luz sob a qual ela os observava. Não apenas isso: a rua toda também soava mais serena. A audição de Iara sempre fora sensível e, naquela manhã, além dos pássaros mais canoros, não escaparam dela os rugidos contidos de poucos carros e ônibus, soltos pela rua como feras amansadas.

Sim, tudo estava bem diferente do que nas outras vezes. Iara chegara ao quarteirão do prédio de Lídia e, ao passar pela agência bancária ainda fechada, lembrou-se do assalto que presenciara ali, alguns anos antes. Era o cair da tarde e dois homens em uma moto abordaram uma moça que acabava de sair da agência; um deles, arma em punho, obrigou-a a passar a bolsa. Tudo aconteceu em segundos, mas Iara ficou marcada para sempre. Na ocasião, ia apenas visitar a irmã, não se tratava de um alerta de Regina; mas interpretou aquilo como mau sinal e apertou o passo. Ao chegar ao apartamento de Lídia, o alívio: ela estava bem e recebeu a irmã mais velha com um sorriso tão amplo quanto raro.

Estaria assim agora? A dra. Vilma havia conversado com Iara sobre o novo medicamento, o canabidiol, ou CBD, a tal substância extraída da maconha. A irmã mais velha torcera o nariz. "Vão chapar a Lídia? Ela vai virar maconheira aos 74 anos?" A psiquiatra tentara convencê-la; explicara que a pesquisa sobre as propriedades terapêuticas da *Cannabis sativa* avançava a passos largos, e que o CBD era uma novidade e tanto para o campo de distúrbios psiquiátricos e de doenças neurodegenerativas. Iara se lembrava bem dos termos e da conversa devido à irritação que sentira ao ouvir os detalhes. Os pais haviam tentado de tudo; ela havia tentado de tudo. E estava cansada de poções mágicas que acabavam se revelando embustes. Sentia-se velha demais para ter qualquer esperança. Mas não dependia dela, e Lídia havia concordado com a mudança no tratamento. Iara apenas fora comunicada disso.

Ao parar em frente ao prédio e tocar o interfone, cogitou estar errada. Ou torceu para estar errada. E se de fato o medicamento cumprisse o que prometia? E se, após décadas de sofrimento, sua irmã, sua querida irmãzinha, tivesse enfim encontrado a paz duradoura, ou pelo menos começado a vislumbrá-la?

— Bom dia, dona Iara. — A saudação de Geuvânio, o zelador do prédio de Lídia, acompanhou o estampido metálico do portão destravando. Quando ela entrou e passou pela cabine, o homem a surpreendeu: — Dona Iara, eu ainda não consegui falar com a dona Lídia. A senhora agradece ela, fazendo o favor?

— Claro, Geuvânio. — Parou por um instante. — Mas por quê?

— Pelas doações. Tantas roupas bonitas... sapatos... Por favor, diz pra ela que agradeço demais, viu? Vai ajudar muito a minha família lá no Maranhão.

— Ah, sim. Pode deixar.

— Ainda não consegui falar com ela.

— Claro. Eu também tenho umas coisinhas pra deixar com você. Na próxima vez em que vier, eu trago.

Sorrindo, Iara acelerou o passo o máximo que pôde enquanto os agradecimentos do zelador sumiam atrás de si. E ainda sorria ao aproximar-se do elevador. Então a caçula havia acatado sua sugestão? Depois de tanto tempo, Lídia enfim resolvera fazer uma limpeza no guarda-roupa para se livrar de coisas que jaziam lá fazia milênios? Iara estava convencida de que roupas e objetos velhos não retinham boas energias. E, depois de tanto insistir, parece que finalmente havia conseguido persuadir a irmã disso. Outro bom sinal — o mais contundente de todos, sem dúvida.

Entrou no elevador e, com o dedo trêmulo de expectativa, pressionou seguidas vezes o botão do oitavo andar. Mais uma eternidade se passou até que, com outro solavanco, ela saiu para o andar da irmã. Aquele corredor sempre a incomodara, com a lâmpada fluorescente piscando errática; mas agora, não, a luz branca estava firme. O coração acelerado, Iara aproximou-se da porta do 84 e bateu levemente. Sem resposta. Tentou a maçaneta: aberta, como de costume.

A porta penteou o piso acarpetado e Iara entrou pé ante pé, felina, como sempre fazia. A casa estava na penumbra, também como de costume. Lídia tinha uma rotina de sono irregular devido aos remédios e mantinha sempre as cortinas fechadas para sonecas diurnas. Quando a irmã mais velha aparecia por lá, cuidava para não interromper um descanso casual. Ao entrar, apurou o olfato: a mesma mistura de umidade e essências florais pairava sobre o corredor que levava da porta à sala de estar. Pisando com suavidade, Iara avançou por ali, o coração galopando, à procura de antecipar o que encontraria logo à direita.

Quando chegou à sala, o galope sossegou. Percebeu o contorno escuro e familiar no outro lado do cômodo: Lídia estava sentada na sua poltrona preferida, de veludo bege, próxima à grande janela. Devia estar dormindo.

Iara aproximou-se e, com cuidado, abriu uma pequena fresta nas cortinas de tecido azul-escuro. Quando a luz passou por ali e clareou o ambiente, ela olhou para a irmã e sorriu mais uma vez. Lídia era a expressão da serenidade. As sobrancelhas tranquilas acima dos olhos cerrados, a testa sem qualquer vinco de aflição, a boca sutilmente arqueada em um sorriso, os ombros soltos e os braços relaxados nos encostos: toda ela parecia muito mais apaziguada do que o habitual. Iara veio em sua direção, e apenas seus ouvidos teriam captado o ressonar da irmã, o levíssimo assobio do ar passando por aqueles lábios entreabertos. Aproximando-se sempre, afagou-lhe os cabelos encaracolados, os cachos de que sempre gostara, e que agora estavam brancos.

Lídia abriu calmamente os olhos, com os quais sorriu para Iara.

— Minha irmãzinha querida... Eu te acordei. Desculpe.

As duas permaneceram em silêncio por algum tempo, banhadas pela réstia de sol que atravessava a sala. Olhavam-se e Lídia continuava sorrindo; parecia apreciar o toque da irmã mais velha em seus cabelos. Quando falou, foi em um sussurro sonolento, a voz rouca e aguda:

— Eu estou bem agora. Vai ficar tudo bem.

Os olhos de Iara encheram-se de lágrimas. Ela se agachou e disse:

— Que bom saber disso, meu amor.
Não queria que Lídia voltasse a dormir. Queria continuar conversando com a irmã. Após anos e anos de comunicação atrapalhada pelos remédios e pela prostração, havia tanta coisa a trocar, tanta coisa a lembrar. Tanto amor a expressar. Iara pensou em algo prático para dizer:
— O Geuvânio agradeceu as doações. — Também falava aos sussurros, como se evitasse interferir naquela atmosfera de paz.
— Que bom que você resolveu se livrar de algumas coisas.
— Ele é um homem bom.
Iara quase não conseguiu ouvir a frase, e os olhos de Lídia voltaram a se fechar. Os lábios dela pareciam secos; a dra. Vilma havia alertado para eventuais efeitos colaterais do CBD. A irmã mais velha procurou alguma garrafa de água pela sala, mas não encontrou. A caçula sempre se esquecia de se hidratar, desde pequena. Era inacreditável que até então não tivesse enfrentado nenhum problema nos rins.

Roçando com cuidado os pés no carpete, Iara dirigiu-se para a cozinha, cuja porta ficava em outro corredor, no lado oposto da sala. No mesmo instante ela reparou que havia algo diferente ali: molduras.

Antes vazia, a parede do corredor agora estava cheia de... fotos? Sim, eram fotos, Iara descobriu ao se aproximar. Olhou maravilhada para elas e logo percebeu que seguiam uma linha cronológica: à direita, no canto mais escuro da passagem, estavam registros minúsculos e em preto e branco das duas irmãs bem pequenas. Ao lado, imagens um pouco maiores de ambas ainda crianças, depois adolescentes e, já coloridas, como jovens adultas. Chamou-lhe a atenção o fato de haver apenas fotos das duas, sem os pais ou quaisquer outras pessoas. Todas emolduradas e organizadas com cuidado. De muitas delas, Iara nem se lembrava mais, e não conseguiu conter as lágrimas ao vê-las.

A linha cronológica prosseguia. Com o passar dos anos registrados nas fotos, ficou evidente que a expressão de Lídia foi se tornando menos vivaz, mais pesarosa. À medida que via as imagens, Iara foi se lembrando da confusão de sentimentos experimentada por ela própria ao longo do tempo. Raiva, por julgar que a irmã se portava de maneira infantil; ressentimento, pela atenção excessiva que recebia dos pais; tristeza profunda seguida pela empatia, por enfim entender que se tratava de uma doença, de um processo químico; até chegar ao conformismo atual, que se misturava à impotência e à frustração. Pairando acima de tudo, a culpa, inevitável e atroz; por não ter feito o bastante, não ter *sido* o bastante. Ela procurava se perdoar, sobretudo após longas conversas com Regina. Mas algo lá no fundo a impedia de esquecer que seria responsável por uma eventual fatalidade ocorrida à irmã.

Iara perdia-se em meio a esses pensamentos quando chegou a uma última foto, à esquerda, quase na divisa entre o corredor e a sala. E se surpreendeu: era bastante recente, de seu último aniversário, celebrado meses atrás. Ela estava sozinha na imagem, feita na cozinha de seu próprio apartamento, diante de um pequeno bolo.

Mas algo além disso não parecia certo. Lentamente, Iara chegou bem perto da foto, até seus olhos focalizarem um detalhe. No vidro que a sobrepunha, estavam refletidas as silhuetas da sala de estar logo atrás de si. Ela olhou uma, duas, três vezes, até seu cérebro enfim compreender o que a visão comunicava: ao fundo, logo à frente da janela com a fresta, o implausível e devastador contorno de uma poltrona vazia.

QUANDO ELA SE SUSSURRA PARA MIM [13]

O que vou ouvir?
É o que penso enquanto olho para o arquivo em branco na tela. Hoje sinto-me mais azedo do que o normal. Percebo os colegas me olhando de lado, alguns com temor, outros com desprezo. Não me importo; fico bem assim, na minha, e faço mais rápido o meu trabalho. Hoje, em específico, o expediente precisa terminar logo, porque este é um daqueles dias em que saio de mim, caminho um bocado e subo em uma espécie de torre de observação, de onde contemplo o panorama; e o panorama me azeda.
Não sei bem se o panorama ou minha incapacidade de intervir nele. Tenho a impressão de que essa paisagem, a que contemplo aqui do alto, organizou-se à minha revelia, obedecendo a não sei quais regras contemporâneas de compromisso. Pensando melhor, sei sim: são as mesmas regras que restringem a vida dessas pessoas ao meu lado e daquelas nas salas contíguas; e das outras, nos andares de cima e de baixo, nos prédios ao lado, ao longe, enfim, de todos os condenados ao mundo. Só que à maioria deles não ocorre se afastar e subir em uma torre como a minha. Por isso, invejo-os com todas as forças de que, gordo e sedentário, não disponho mais. Sim, houve um tempo em que as tive, mas não vou mirar nesses dias selvagens.
Continuo em dúvida sobre o que ouvir enquanto olho para o arquivo em branco. Vejamos. Tenho de *começar* este trabalho hoje, não *terminá-lo*; então, algo narcótico, que faça desaparecer as fuças das pessoas ao lado, que encubra com a força tranquila das marés a areia de vozes e risadas. Um sono desperto, é do que preciso.
Ocorre-me o experimento *Somnium*, de Robert Rich. Quase sete horas de texturas sonoras em baixa frequência, para influenciar sonhos e visões hipnagógicas.

---
[13] Conto publicado originalmente na antologia *Volumes dissonantes*, da ed. Diário Macabro.

***

Funciona. Nas asas de notas muito extensas, cada uma com meia hora de duração, consegui obliterar-me do ambiente e, em certa medida, de mim mesmo. Assim, a tarde passou e produzi mais do que o necessário. Só agora, ao desviar os olhos do arquivo preenchido para as poucas janelas por perto, vejo que já está escuro.

Os colegas ao lado são poucos. Sete e meia, boa hora para eu também sair.

Pego minha mochila e me levanto de súbito. Distribuo muxoxos de despedida para os que aqui persistem e atravesso o corredor até a saída, rumo ao elevador. Sinto-me um pouco animado e me permito uma sutil mudança na rotina que me resta. Em vez de *oitavo andar – térreo – ônibus – casa – cozinha – sanduíche – estadual de futebol na TV – leitura qualquer – cama*, talvez uma ou duas cervejas no meio disso tudo, em algum lugar por onde o ônibus passe.

Chego à rua e logo subo no coletivo, que não está cheio. Não consigo me sentar, mas acomodo-me no lugar de sempre, recostado à porta de saída ao lado esquerdo. Retiro da mochila o exemplar amarelado de *Norte*, que não consigo concluir. Pudera! Se lutar contra a prosa de Céline no silêncio de um quarto já é difícil, no ônibus é certeza de nocaute; mas a beleza está em tentar e a amargura do autor me redime. Abro o livro e, enquanto o ônibus atravessa pelo corredor o mar de carros parados, leio sobre a epopeia do autor em fuga pela Europa, acompanhado pelo gatinho Bébert, pela esposa Lili e pelo ator Le Vigan. Por alguns momentos, fujo com eles.

Algo, porém, traz-me de volta. De soslaio, percebo o olhar de uma mulher, sentada no fundo do ônibus — está fixo em mim. Ela aparenta ter a minha idade ou talvez um pouco mais; quarenta, quarenta e poucos. Com um tímido relance, guardo seus traços. Tem olhos grandes e escuros, cabelos também negros tocando os ombros, pele morena e lábios meio tortos, polpudos.

Sempre me distraí ao observar as pessoas nos ônibus. Agora, sendo eu o avaliado, sinto desconforto. Há tempos, tomei consciência da ruína de meus atrativos físicos e, nas raríssimas vezes em que uma mulher se vira para mim, não consigo escapar à impressão de que o faz por zombaria. Sei que, flácido e abatido como hoje sou, não devo oferecer nenhuma das qualidades valorizadas pelo gênero, mas isso não me atormenta; não mais. Claro, já tive meus problemas com a derrocada, pois no passado a minha energia vital fluía caudalosa. No entanto, fui aceitando o peso do tempo, cuja ação em meu corpo talvez tenha sido mais severa do que de costume. É, aliás, comum eu captar esse subtexto nas expressões de pessoas que não vejo há anos e a quem, vez por outra, encontro, sempre contra a minha vontade. Os olhos delas me percorrem, incrédulos, dos pés à cabeça, de modo que não aceito bem o olhar daquela mulher. Por pouco não me aproximo e a questiono. Ela não teria nada mais para fazer?

Sigo na minha, contudo, tentando me ocupar com o livro e cogitando onde descerei para tomar a cerveja — que agora é mais necessária do que antes.

Quando o ônibus começa a atravessar a rua da Consolação, escolho saltar por aqui. É até melhor, já que sairei pela esquerda, pela porta do meio, e não terei que passar perto da mulher. Aciono o sinal de descida com discrição e saio no ponto seguinte, com os portões do cemitério à minha frente. Certifico-me de que ela não me acompanhou e atravesso a rua, rumo aos bares da Bela Vista.

Nem preciso andar muito. Entro logo no *Tomahawk*, um pulgueiro escuro e metido a descolado na rua Pedro Taques. Encosto no balcão, peço uma Heineken para um *barman* mal-humorado e, enquanto dou longos goles, olho e farejo à volta. O lugar está vazio e cheira a mofo, mas o som é decente.

Toca "No fun", dos Stooges. Vem bem a calhar. A música me despacha para momentos triunfantes de noites idem, há cerca de dez, quinze anos. Lotam-me a cabeça as memórias de conquistas amorosas, bebedeiras, desvarios e peripécias hedonistas que parecem ser a única, a legítima chancela de felicidade para um jovem... E foram de fato, pois não me lembro de nenhuma outra época, antes ou depois disso, em que tenha me sentido tão vivo, mas são memórias fugidias, já difusas.

A música seguinte me pega desprevenido; é "Order of death", do Public Image. Delícia nostálgica, cujo teclado caminhante me remete, dessa vez, aos tempos ainda mais recuados do início da adolescência, quando eu passava madrugadas a queimar retinas com filmes *underground* e ultraviolentos. Nessa época, eu já ficava à toa. Meu pai perdia-se para o alzheimer e minha mãe bebia cada vez mais, mas não quero memórias ruins; prefiro me lembrar de *Hardware*, o filme de cuja trilha sonora a música faz parte. Ainda encostado ao balcão, com a garrafa já vazia entre o polegar e o indicador, fecho os olhos para reter essas lembranças por mais tempo. Sinto-me bem entre elas, o azedume do dia suavizado.

Até que, já com a música em *fade out*, tocam-me de leve no ombro. Como explicar que antes mesmo de me virar eu já sabia o que encontraria? Ela está aqui, bem atrás de mim, recolhendo os dedos que haviam me cutucado. É mais alta do que imaginava. Quase não precisa erguer o rosto para o meu — e, embora hoje eu esteja mais encurvado, ainda tenho quase um metro e oitenta.

— Em algum momento, a gente ia se encontrar.

Não é o teor enigmático dessa afirmação que me inquieta, mas, sim, a voz; soa familiar.

— Faz muito, muito tempo.

Não consigo responder, aturdido pela memória desse timbre. Ela percebe minha confusão e seus lábios um pouco tortos abrem-se em um sorriso.

— Moça, não faço ideia de quem você seja — o bar está mais cheio, então tenho que falar um pouco alto —, mas vi você me olhando no ônibus e confesso que me incomodou um pouco.

— Desculpe — enquanto ela fala, a ponta de seu delicado nariz sobe e desce.— Na hora em que te vi, não consegui mais desviar os olhos.

— Não gosto que me olhem assim.

— Mas eu te conheço faz tanto tempo... — Ela aproximou-se um pouco e eu me afastei na mesma proporção. — Eu não perderia essa oportunidade.

Essa voz, essa maldita voz! Um pouco áspera e grave, mas afinada e... Qual é a palavra? Um pouco dramática, sim. À medida que a ouço, percebo que poderia ouvi-la por horas e horas; também poderia jurar que já a tinha ouvido antes, embora não consiga reconhecer onde e quando. Inquieto, peço outra cerveja. Ela prossegue:

— Sim, a gente se conhece faz muitos anos.

— Olha, não sei mesmo quem é você, mas sua voz não me é estranha.

— Ainda bem que você pensa assim. Você costumava me ouvir sem parar.

A coisa vai ficando complexa. Presto atenção à música que toca agora, mas não a reconheço. Uma garota se esgoela dentro do que parece ser o fundo de um galpão vazio e mal se distinguem guitarra, baixo e bateria; um enlatado pop alternativo qualquer. Isso e a mulher à minha frente, que insiste nesse jogo idiota, irritam-me.

— Pelo menos você podia me dizer seu nome, né? — Hoje não é um bom dia para testarem minha paciência. Nunca é.

— Você sabe muito bem quem eu sou. Só estou tentando estimular sua memória. Trinta anos atrás, a gente se encontrava várias vezes por dia, quase todos os dias.

— Mas como é que não te reconheço? E como você me reconheceu, depois de tanto tempo?

— Eu nunca me esqueceria de quem se dedicou com tanta... paixão a mim.

Não é possível. Trinta anos atrás, dedicação apaixonada... Alguma namoradinha da infância? Mas o meu primeiro relacionamento veio só no segundo ano do ensino médio e era uma menina de olhos claros, quase ruiva, cheia de sardas, que, com certeza, tornou- se uma mulher bem diferente da que tenho diante de mim.

Ela pareceu ler a aflição nos meus olhos e disse, sem malícia:

— Não, não sou uma antiga namorada. Pelo menos não do jeito que você está pensando. Nossa conexão era mais profunda.

— Moça, isso está ficando angustiante... e um pouco assustador, na verdade.

— Acredite, só quero fazer você se lembrar. Tenho certeza de que você vai gostar. Minha voz... — Ela se aproxima mais um pouco e agora não me afasto. — Pensa na minha voz.

Com um gesto rápido, dou dois goles na cerveja, depois respiro fundo; então ela se aproxima do meu ouvido, como se quisesse beijá-lo. Seu hálito é úmido quando começa a gemer, bem baixinho, uma canção qualquer. Meu coração dispara. Por um instante, sinto vontade de empurrá-la e sair correndo.

O sussurro, porém, se impõe; domina primeiro as vozes das pessoas ao redor; depois, a música do ambiente; por fim, os meus pensamentos.

Sim, aos poucos vou reconhecendo a melodia. Desvio meu olhar e começo a cantarolar baixinho, acompanhando-a. Adivinho, nas notas sopradas com suavidade em meu ouvido, aquelas

que as sucederão. Vou formando um tecido antigo, cada vez mais familiar, com minhas próprias reminiscências; teço um manto de nostalgia e arrepio que se estende sobre meu espírito amargo. Cada vibração dessa canção parece ter o propósito de ocupar, com luz e vigor, as regiões escuras e enfraquecidas de mim, e uma palavra desponta em meio à melodia: "reencontro".
Sim, a certeza vem com cada nova nota. É um reencontro o que estou vivendo nesse momento. Um reencontro inacreditável, mas não ligo; a explicação deixa de ter importância, porque o que descubro é muito maior.

— *Narda...*

Ainda não consigo encará-la, mas sinto aqueles grandes olhos muito próximos, cravados nos meus.

— Sim, esse é o nome que me deram. Achei que você não fosse me reconhecer.

Agora ela para de cantar e saboreia a minha descoberta. Sei, com todo o meu ser, que ela é Narda, uma música que me acompanhou durante a infância. Como pude esquecê-la? Eu a conheci pelo meu pai, que a adorava e ouvia com frequência — até que a maldita doença o trancafiasse do lado de fora do mundo. Minha mãe não gostava; sempre ia fazer outra coisa quando ele colocava para tocar o disquinho de vinil verde de apenas uma faixa na vitrola de casa.

Agora sim, as memórias fluíam vívidas: papai retirando, trêmulo de expectativa, a bolachinha de um encarte todo vermelho, sem qualquer informação; e mamãe resmungando que "aquilo não era música". Eu nunca soube quem a compôs, tampouco quem era o intérprete. Papai só mencionava um músico de jazz desconhecido, sequer chegou a nomeá-lo; algum tempo depois dessa época, a doença já o raptara por completo. A música também não tinha nome. "Narda" era como meu velho a chamava, porque dizia que, ao ouvir a melodia, uma mulher sempre o visitava; e ela se parecia com a princesa de mesmo nome, que namorava Mandrake, o mágico dos quadrinhos. Talvez o alzheimer já lhe devorasse o cérebro, mas a minha cabeça de criança não achava nada daquilo estranho. Pelo contrário, eu adorava aqueles longos minutos ao lado dele e da música. Eram momentos mágicos, poderosos.

Todas as memórias vêm com a inquietante melodia. Arrepio-me agora como me arrepiava então; assustava-me, também, a

reação do meu pai enquanto a escutava. Parecia hipnotizado. Cantarolava em um tom de voz diferente, grosso demais para ser dele, mas eu sempre queria estar por perto. Havia um magnetismo irresistível naquela combinação de notas que agora está aqui, à minha frente. Narda parece acompanhar meus pensamentos. Volta a cantar a melodia, agora com mais entusiasmo. No mesmo instante, ela envolve meu ombro com o braço e me aperta, como se quisesse extrair todas as lágrimas que há em mim, mas não é necessário; ao ouvir a música, também me dou conta de quanto tempo havia se passado desde o último encontro, meses e meses atrás. Lembro de meu pai entrevado e de minha mãe, com quem quase nunca falo, sempre com um copo diante de si. Imagens da ruína, que também é minha. À comoção da lembrança, mistura-se a culpa pelo esquecimento, que considero um abandono. A partir daí, não seguro mais as lágrimas. Apoio minha testa em seu pescoço e digo:
— Não... Não sei o que dizer...
— Não precisa dizer nada. Você *se lembra* e isso é o bastante, e você precisa de mim.
— Como assim?
— Você me chamou, mesmo que não saiba. — Preocupada, ela me olha de cima a baixo. — O que aconteceu?
— A vida aconteceu! — Espanto-me com a resposta, mas me sinto inspirado pela cerveja. — Aconteceu de eu ter que cavar todos os dias, tentando tapar um buraco, sem perceber que, com isso, abro outro ao lado — digo, quase como uma confissão. No silêncio a seguir, meu espanto só aumenta. Os grandes olhos parecem exprimir satisfação e ela quase sorri.
— Você entende, então.
— Claro que entendo. Todo dia, todo santo dia, penso no que fui, no que poderia ter sido e no que sou. Acho que é por isso que você me encontrou assim.
— Você ainda é jovem e se lembrou de mim. Eu sou a mesma de tantos anos atrás. Isso não significa nada?
— Ainda estou tentando entender o que isso significa. Só sei que, quando te reconheci, todo o resto perdeu a importância. Senti... — tento não falar, mas percebo que aqueles olhos vão me perscrutar até que o faça — um calafrio; e não vou mais me esquecer dessa noite. De agora.

— Estamos só começando.
Ela projeta a boca na direção da minha, fechando os olhos e entreabrindo os lábios tortos e polpudos. Não resisto a esse novo encontro. Por ínfimos instantes, dou-me conta de que, devido a algum mecanismo cujo funcionamento não me interessa, estou atracado aos beijos com a música da minha infância. A partir de então, nada mais importa. Abraço-a com um vigor que não julgava possuir e ela me envolve da mesma forma. A vontade que sinto é de me misturar a ela, de fundir a essa carne inexplicável o meu corpo mole, que tanto desprezo, mas algo novo começa a acontecer. Entre um longo beijo e outro, ela sussurra em meu ouvido; *sussurra- se* em meu ouvido. Ao fazê-lo, sinto meu tórax e meus membros, todos eles, tornarem-se mais e mais firmes. Meus braços, minhas pernas e meu pau se enrijecem. Estou excitado... revigorado.

Quero arrancar as roupas de Narda, mas ainda me resta um lapso de razão. Com esforço, afasto-me dela e a levo pela mão, rumo ao banheiro. Entramos em uma das cabines, viro-a de costas e, poucos segundos depois, com uma ereção dolorida, penetro- a, apoiando-me em seus ombros.

Fazemos estardalhaço. Logo um segurança abre a porta com violência e, aos gritos, expulsa-nos do *Tomahawk*, despejando-nos na rua. Mal temos tempo de nos recompor. Fossem outras circunstâncias, eu estaria morto de vergonha, desfazendo-me em desculpas para o sujeito, mas não agora. Não sinto nada além de uma energia eufórica, indestrutível. Não quero, de jeito algum, ir para casa.

— Você não vai — ela fala baixo, perto de mim, para meu espanto. — Conheço um lugar. É bem perto.

Caminhamos por algumas ruas, atravessamos uma grande avenida. Por vezes, em lampejos de lucidez, penso no horário, no trabalho do dia seguinte, na vida prática. Nesses momentos, como se pressentisse minha hesitação, Narda cola ao meu ouvido sua boca para cantar-se, e minhas dúvidas dissipam-se no mesmo instante; dão lugar a correntes de energia ainda mais poderosas, que me impelem à noite e ao desvario.

Por fim, paramos diante da discreta porta de um casarão todo pintado de preto. Acho que estamos no Bixiga, mas não consigo dizer ao certo. Há duas grandes janelas, uma em cada lado da porta, mas estão fechadas e suas frestas compõem halos

arroxeados. De toda a massa escura, soa um rumor.
— Onde estamos?
Narda não responde. Avança na direção da entrada e bate algumas vezes. A porta se abre e minha companheira entra, puxando-me pela mão. Antes mesmo de atravessar o batente, o cheiro me atinge. Um odor azedo, agudo, que suponho ser de suor; por instantes, esse golpe me tira do transe, mas o ambiente aqui dentro logo me devolve a ele. O lugar é escuro, *roxo-escuro*, e uma névoa borra as poucas formas que consigo distinguir.

Gelo seco, imagino, e talvez daí venha o cheiro forte. Não consigo dimensionar o tamanho do espaço, pois só enxergo menos de um metro à frente. Entrevejo pessoas, ou imagino que essas formas passando por mim sejam pessoas. Narda continua segurando minha mão, mas seu corpo não está no meu campo de visão. Seguro um braço que termina no breu.

A música acentua o efeito do lugar. É diferente de tudo o que já ouvi, até de Narda. Soa imprevisível. Mais do que isso: soa *errada*, fraturada. É como uma *antimelodia* ou... Em outro lapso de razão, o termo me ocorre: *atonal*.

A palavra traz a reboque o nome de Schönberg e, a seguir, penso no livro de Thomas Mann, inspirado pelo compositor; mas uma leve pressão da mão de Narda na minha indica que ela ainda acompanha meus pensamentos. Algo que imagino ser seu rosto surge na névoa púrpura e ela volta a cantar-se em meu ouvido, lambendo-me por vezes. Dodecafonia, Schönberg e Mann desaparecem de imediato.

Narda, então, silencia e me puxa na direção do escuro; eu a puxo de volta. A atmosfera, a música, o odor, *ela*... É tudo muito intenso e não me contenho. Preciso entrar nela, entrar nesta noite, neste lugar.

Puxo-a com fúria e com fúria a beijo. Não me importam esses lábios mais secos do que antes, a pele mais áspera do que eu havia sentido. A luz púrpura parece ter diminuído e já não vejo um palmo à minha frente; apenas sinto e o gosto de Narda também está diferente.

Suas mãos antecipam-se às minhas e abrem meu zíper, depois agarram-me. Embora eu me entregue, percebo que algo não está certo, pois há outras mãos apertando- me. De repente, alguém pressiona-se contra as minhas costas, um corpo grande, quase imobilizando-me contra a minha companheira. A seguir, mordem-me a nuca e baixam as minhas calças. Uma mão úmida passa a massagear-me o ânus e o períneo. Tento me desvencilhar, mas o corpo atrás de mim me retém; acabo cedendo, cedendo e gostando desse vaivém suave de um, dois, três dedos; por fim, sinto um enorme volume tentando entrar em mim, perfurando-me devagar, até conseguir.

Dói, dói demais, mas não interrompo. A sensação é explosiva. É como se toda uma vida de prazer e liberdade se comprimisse nessas horas que passo com Narda. Pouco ou muito tempo depois, já não sei, engolem-me. Não enxergo mais nada, mas sinto que me sugam e, a seguir, fazem-me penetrar em alguém apertado, bem viscoso. Siderado, entro e saio na cadência do grande corpo atrás de mim. Em meio a tudo isso, continuo beijando Narda...

Até escutá-la sussurrando-se de novo, bem perto do meu ouvido.

Como pode?

É quando me ocorre que não a beijo. Sequer tenho tempo de racionalizar. Em meu ouvido, ela está mais forte agora, mais imperiosa. Mistura-se à música selvagem do lugar, aos gemidos, que também se transformam em notas da composição mutilada que segue tocando.

Confuso, esporeado pela raiva e pelo tesão, mordo a boca colada à minha, enquanto empurro o corpo que se agarra a mim até arrancar o que imagino ser um pedaço de lábio inferior. O grito é mais uma nota violenta inserida na música.

Narda, agora, soa ainda mais alta; tudo está mais alto, mais estridente. O mundo amplifica-se. A voz no ouvido ferve meu sangue e faz minha cabeça latejar. A energia muda de tonalidade, a raiva, tornada fúria, impõe-se.

Tudo acontece muito rápido e sempre no escuro. Com um espasmo, livro-me da pessoa que penetro e escapo da que está atrás de mim. Agacho-me e, tateando com as mãos, encontro o que imagino ser a cabeça de alguém deitado no chão, cuja boca tenta, em vão, chupar-me o dedo. Levanto-me e dou um salto para enfiar nela os dois calcanhares, com uma agilidade que horas antes seria implausível. O estrondo é forte e assustador o suficiente para a música desaparecer e a luz se acender.

Meus olhos demoram um pouco para se adaptar à explosão

branca, mas logo vejo o estrago. Uma mulher que não conheço afasta-se para um canto, chorando, o queixo tomado por uma cascata rubra. Ao seu lado, vai um homem corpulento, nu, com uma ereção perdendo força; e no chão, aos meus pés, jaz o corpo de um rapaz, cujos miolos espalham-se pelo piso azul-escuro do lugar. Mais afastadas, há outras pessoas encarando- me, nuas ou seminuas, horrorizadas.

Já eu, eu estou aqui, bem dentro de mim, e continuo aqui quando um sujeito enorme me imobiliza e me mantém assim por um longo tempo, até as sirenes soarem. Enquanto isso, não vejo Narda em lugar algum, mas continuo ouvindo-a, agora com mais suavidade.

Espremido no piso grudento, observo os coturnos se aproximando. Com um violento solavanco, erguem-me e me algemam; então, tendo Narda sempre comigo, sou conduzido para fora desse lugar... e para dentro da vida.

O BREU POVOADO

São incertas as minhas impressões de quando cheguei a Porto Príncipe. Por mais que quisesse reter o momento, ingeri uma pílula fortíssima para dormir durante o voo de São Paulo ao Panamá, e o restante da viagem transcorreu como se fosse um sonho. Como se, destacados de meu corpo, meus sentidos flanassem ao redor dele, tenuamente acesos, mas sem jamais apreender o todo ao redor.

A conexão no aeroporto de Tocumen, na Cidade do Panamá, seria bastante breve, então corri na direção do portão de embarque. Por sorte, o voo estava no horário. Parado em frente à entrada do *finger*, tentei acessar alguma rede para comunicar Louise, esposa de Rubens, que tudo dera certo e que, dali a cerca de duas horas, eu aterrissaria no Haiti. Mas uma funcionária da companhia aérea pediu-me para embarcar sem demora. Guardei o aparelho no bolso, sem enviar a mensagem, e fui.

Posso não me lembrar de todos os detalhes do desembarque, mas não me esquecerei da descida sobre a capital haitiana. Baixávamos devagar na direção de uma monumental tapeçaria de concreto e alvenaria, uma trama de pequenas construções apinhadas, blocos e mais blocos delimitados por minúsculas vielas que se perdiam em novos quadrantes. Quase não havia clareiras entre as poucas avenidas que observei. Ao fundo, adivinhei as montanhas que dão nome ao país — *Ayiti*, "terra de altas montanhas", como os indígenas pré-colombianos Taínos chamavam o local.

Atrás de mim, sentavam-se dois rapazes negros. A julgar pelo *créole* que falavam — a curiosa mistura entre francês e dialetos africanos, cheia de metaplasmos —, intuí serem haitianos. Durante a aproximação, um deles começou a cantar. A melodia era incompreensível, estranha, vagarosa; e a voz era grave. Conforme descíamos, foi tornando-se aguda, até chegar a quase que um filete apenas. Comunicava não tristeza, mas uma força *acuada*. Aquele vozeirão parecia retrair-se diante de algo muito mais poderoso.

De minha parte, os sentidos subitamente convocados de volta ao corpo, acuei-me também. Afinal, estava aproximando-me da terra que, de certa forma, mantinha vivo o vodu, essa mistura de crenças e ritos que quase fora erradicada da África. Como sempre fui curioso em relação a expressões culturais primitivas, o vodu me interessava muito — assim como as instigantes histórias que se ligam à prática, com seus rituais avassaladores, zumbificações, possessões por *loas*, sacrifícios, entre outras. Antes de minha viagem, procurei ler algo sobre o assunto para me familiarizar com termos e práticas, mas tive a impressão de que sequer toquei a superfície do tema.

Após aterrissar, encontrei Louise logo na saída da imigração, pela qual passei sem maiores problemas. Minha expressão aturdida deve tê-la surpreendido, pois antes mesmo de nos abraçarmos ela me perguntou se eu estava bem. Assegurei-a de que sim, só estava zonzo por conta dos calmantes.

Procurei manter-me desperto durante o trajeto do aeroporto, no centro da capital, até Pétion Ville, comuna onde Louise e Rubens moravam. De imediato, marcou-me a multidão circulando sem rumo pelas ruas: impossível não evocar as lendas de mortos-vivos sobre as quais li, sempre tão vinculadas a essa terra. A memória já bastou para jogar, na luz dura do sol a pino, algumas sombras.

Chamaram-me a atenção também os mercados improvisados e os *tap taps* — caminhonetes coloridas e caindo aos pedaços em cujas caçambas as pessoas se atulham.

— São o único meio de transporte urbano daqui — contou-me Louise. Seguíamos em um 4x4 blindado conduzido por Elgree, um simpático motorista haitiano a serviço da embaixada brasileira, órgão ao qual o veículo pertencia.

Rubens, meu amigo de infância, era diplomata e servia no Haiti havia pouco mais de meio ano. Porto Príncipe era seu segundo destino. Antes, passara três anos em Paris, um posto "A" na classificação do Itamaraty e, por isso, muito requisitado entre seus colegas. Ele fora à capital haitiana, nível "D", para consolidar seu futuro: ao aceitar um trabalho considerado difícil, teve garantida sua próxima remoção para Tóquio, três anos depois.

A ida para o Haiti teve também outra motivação: Louise. Ela era haitiana de nascimento, mas naturalizara-se francesa. Ambos se conheceram em Paris havia cinco anos e, embora a esposa

O BREU POVOADO 119

jamais tivesse expressado vontade de voltar ao país de origem, Rubens avaliou que a proximidade da família faria bem a ela. Ao ouvir essa ideia, Louise concordou com a mansidão de costume, parecendo reservar para si o que realmente pensava a respeito. Após percorrer ladeiras cada vez mais estreitas e íngremes — Pétion Ville está no caminho para as montanhas —, o 4x4 parou em frente ao que parecia ser uma fortaleza: muros de cinco metros de altura ladeando um gigantesco e maciço portão de ferro, que se abriu após alguns toques na buzina. Empurrava-o um rapaz cuja mão livre cerrava-se sobre o cano de uma escopeta.

— Segurança particular — explicou Louise, em seu português charmosamente arranhado, mas quase perfeito, ao perceber meu espanto.

O edifício consistia em dois blocos com cinco apartamentos cada. O casal ocupava um deles, um espaço amplo e arejado, banhado pela luz tropical graças à fachada toda envidraçada. Além dessa fachada, havia uma paisagem de que jamais me esquecerei: a tapeçaria da cidade, aqui entremeada por árvores, muitas delas floridas. E à esquerda e acima, bem ao sopé das montanhas, espalhava-se o Quartier Jalousie, imensa comunidade de casebres coloridos. Uma das inúmeras favelas — ou, como também me ensinou Louise, *bidonvilles* — do Haiti.

Apesar da animação com a chegada, eu continuava sonolento. Assim, logo após o almoço, despedi-me dela e fui descansar. Rubens ainda estava na embaixada e chegaria somente ao final do dia. Ajustei o relógio para que despertasse dali a algumas horas e para que pudesse enfim dar um forte abraço em meu amigo, de quem tanto gostava e a quem não via fazia anos.

***

Nada aconteceu como planejado, contudo. Acabo de despertar, retornando de um sono críptico, e demoro alguns minutos para entender onde estou. Aos poucos vou despertando e olho para o relógio do celular: 5h43 da manhã. Dormi por mais de doze horas.

Abro a janela atrás da cama e, sob a luz oblíqua que vem do leste, à minha esquerda, vejo as casas rareando montanha acima, muitas pobres e algumas poucas luxuosas, incrustadas na massa indistinta de terra. Para além delas não há mais construções — tudo vai escurecendo até chegar ao breu, onde a cordilheira se recorta contra o céu incerto da aurora. Um galo canta. Agora estou desperto. E grudento, já que sequer liguei o ar--condicionado ou abri a janela antes de desmaiar; mesmo no raiar da manhã, o calor é sensível. Tomo um longo banho e vou para a cozinha, que é separada da sala de jantar por um balcão. Sirvo-me de água e procuro pelo café quando ouço um chapinhar no porcelanato do apartamento:

— *Bonjour, monsieur* Hipólito!

Rubens continua o mesmo. Pulando cedo da cama, o rosto inchado e a voz rouca chamando-me pelo meu sobrenome. Após um longo abraço, noto que fisicamente ele tampouco mudou. Com a exceção do bronzeado caribenho, é o mesmo sujeito esguio, desenvolto e com trejeitos de mágico, cujas mãos acompanham as palavras à moda de serpentes, ambas enfeitiçando interlocutores — e interlocutoras. Conversamos por quase duas horas. Louise logo junta-se a nós e, em jogral, os dois colocam--me a par da situação do país.

Embora tivesse quase que sumido da mídia internacional, o Haiti continua no fio da navalha. Há pouca ou nenhuma infraestrutura, a população morre de fome e de doenças de séculos passados, a economia inexiste e o país ainda está vulnerável às catástrofes naturais.

À parte disso, os haitianos seguem adiante. O povo vai ao (pouco) trabalho que existe por aqui, ouve-se música onde quer que se vá e os *Rarrás* estão pelas ruas.

— O que é isso? — pergunto.

— *Rarrás*? São desfiles de rua improvisados, típicos do Haiti. — Louise não esconde o orgulho ao explicar-me. — Começam com alguns *garçons* das *bidonvilles*. Eles improvisam uns instrumentos de sopro e de *percussion* e saem tocando. Vão atraindo mais e mais gente por onde passam.

— Parece carnaval — respondo.

— Sim, mas pode ficar bem intimidador — interfere Rubens. — Principalmente pra quem é de fora.

— Certo, nada de *Rarrá*. Mas e o vodu? — pergunto.

Louise encara-me por alguns segundos.

— O que tem? — devolve ela, desafiadora. Rubens disse que a esposa desaprovava o meu interesse pelo assunto, mas não

consigo evitar. Estou no berço da tradição religiosa, afinal.
— Será que dá pra vermos uma cerimônia, algo assim?
— Teria que ser com um guia — contemporiza meu amigo.
— Preciso ver se arranjo algum contato na embaixada. Mas hoje vocês podem dar uma volta por Pétion Ville.
Rubens vai para o trabalho e nós saímos algumas horas depois, Louise ao volante do Tucson que estava empoeirado na garagem.
Trafegar pela cidade é, sem dúvida, uma experiência singular. A atenção de quem dirige deve ser total: há pedestres, motoqueiros sem capacete, animais e entulho pelos caminhos. Mas também há cor, muita cor. Ao sol do final da manhã, chamam-me a atenção as árvores floridas que se destacam do emaranhado estreito e confuso que percorremos.
— São gengibres e alpínias — conta-me Louise.
Frutas também estão por todos os lados — bananas, mamões, mangas e *corossol*, que ela explica ser uma espécie caribenha de graviola. Vejo-as em cestas nas calçadas e naquelas que mulheres equilibram na cabeça, marchando lentamente pelas vielas. Muito lentamente, talvez...
Olho ao redor e penso, de novo, nos espíritos que foram exilados de seus corpos. Relembrando-me dos rituais sobre os quais li, penso nesses mesmos corpos que, em noites de lua jovem e à custa de farelo de tíbias humanas, galinhas decapitadas, sapos secos, talagadas de rum e outras iguarias semelhantes, foram julgados e condenados a vagar sem rumo por esta terra de segredo, dia após dia, noite após noite.
A fome me tira dos devaneios. Almoçamos com Rubens em frente à embaixada brasileira, que fica em um prédio à prova de terremotos em Pétion Ville. A comida é deliciosa: um *griot* — carne de porco levemente apimentada e com *pikliz* (o condimento oficial do Haiti, feito com repolho, cenoura e outros temperos locais) — acompanhado por arroz e feijão à moda *créole* e banana frita. Para beber, uma garrafinha de Prestige, a *lager* local, prestes a congelar.
Durante o almoço, retomo o vodu. Louise percebe que não há saída e aceita nos explicar o que sabe sobre a religiosidade de seus conterrâneos. Fala da origem no Benim, na África Ocidental, e sobre como o vodu, ao contrário do que sempre pensei, não é uma religião anímica, pois não atribui alma a elementos da natureza.

— O voduísta serve aos loas, que na verdade são as múltiplas expressões de *Dieu* — conta em voz branda. Deve haver uma grande interrogação em meu rosto, então ela prossegue: — *Oui, Dieu*. Também no vodu ele é a força suprema, mas está muito distante, no topo do *pantheon*. Por isso, no dia a dia, os haitianos interagem com os loas. Fazem pedidos, entregam oferendas, como em tantas outras religiões. Existem muitos loas: Agwe, *esprit* do mar; Ogoun, *esprit* do fogo e dos metais...
— Como Ogun do nosso candomblé — interfiro.
— *Oui*, acho. Lembro-me também de Legba, loa das encruzilhadas; de Ghede, loa dos *morts*...
— Baron Samedi, claro! — agora é Rubens quem fala. Louise olha-o com espanto.
— Esse é um dos cinco Ghedes, o mais perverso.
— Existe quem o sirva? — pergunto.
— Infelizmente, sim. — Mas já terminamos nossa refeição e ela não parece mais disposta a falar.

Rubens volta ao trabalho e vou com Louise tomar um café em um dos poucos centros comerciais da cidade. Estou desperto por completo agora e não preciso fazer esforço algum para continuar *sentindo* o local.

Há desalento por todos os lados, sem dúvida. Faz muito tempo que os haitianos não sabem o que são dois ou três anos de calmaria, então acostumaram-se a viver na base do curtíssimo prazo, um dia depois do outro. Ou melhor, a *sobreviver*, custe o que custar. No entanto, ainda que o porte encurvado e o trote lento das pessoas expressem desistência — e remetam-me ao sobrenatural, é verdade —, percebo, no fundo de seus olhares, algo que ainda queima. Um fogo que, dirigido a *blancs* como eu, pode ser hostil; mas fogo, ainda assim.

Há, também, algo que me escapa. Conforme caminhamos de volta ao carro, percebo, para além da confusão urbana, uma substância no ar que sou incapaz de determinar, mas que não me parece ruim. Algo diferente da eventual hostilidade. À medida que avançamos pelas ruas de volta para casa, ao calor do entardecer — e talvez por causa dele —, vêm-me à mente as mesquitas de Istambul, onde eu estive alguns meses atrás. Com a lembrança, vem também um termo: "chamamento". Por estranho que pareça, sinto-me *chamado*, impelido a descer do veículo e a juntar--me à multidão — ainda que Rubens, Louise e qualquer guia de viagem recomendem expressamente que não se faça isso. Contenho meu ímpeto, mas estou absorto. A paisagem da janela dá lugar ao reflexo de Louise, que me olha de relance e com frequência.

— É fascinante — confesso, voltando do transe.
— Que bom que você pensa assim. Acho que vai adorar o Oloffson.
— Oloffson?
— É, um hotel na parte baixa da cidade — fala devagar, focada na direção. — Tem *musique* ao vivo, o Rubens sugeriu irmos lá hoje à noite.
— Ótimo!

Estou empolgado, de fato, disposto a aceitar o que quer que venha. O impulso é cada vez mais forte. Mas o dia já declina, as sombras agigantam-se. Acho que consigo controlar o ímpeto por mais algumas horas. Buscamos Rubens na embaixada e voltamos ao apartamento para jantar.

***

— Onde está a cidade? — Apoio-me no parapeito da varanda, segurando o copo de *Negroni* com cuidado.

À noite, a tapeçaria desapareceu. Diante de mim, tudo parece invertido: acima, o céu nublado e sem estrelas transforma-se na terra apagada; abaixo, a massa escura, pontuada por luzes esparsas, torna-se o céu. Mas a minha pergunta é retórica — sei que o vazio é uma ilusão. Por trás das nuvens, está o universo. Por trás da escuridão e das luzes pálidas, estão milhões de haitianos.

— Energia elétrica ainda é um luxo pra maioria das pessoas.

Rubens chacoalha o gelo de seu drinque — uma grande pedra já derretida pelo calor da noite, mais intenso que o do dia. Explica-me sobre o problema do fornecimento energético, um entre os inúmeros do Haiti. Ouço-o em silêncio, tentando imaginar aquelas vidas seguindo seus cursos no breu, todas as noites. Logo, meu amigo também silencia.

Somos interrompidos por Louise, que nos apressa. São quase nove da noite e ela não quer voltar muito tarde.

Alguns minutos depois, já estamos no caminho para o hotel. Como a iluminação pública é mesmo rarefeita, Rubens dirige por quase todo o trajeto com o farol alto. Não consigo tirar os olhos da janela, da completa ausência que ela revela, ainda tentando adivinhar os mistérios que se ocultam por lá. Mas logo me dou conta de algo além dessa especulação. Algo longínquo, anterior até mesmo ao *chamamento* que senti antes. Não sou capaz de deter aí minha atenção, tão difuso é o objeto — se é que assim posso chamá-lo. Parece representar uma intersecção de tudo o que vi e senti até agora: corpos vazios, breu e mistérios.

— Chegamos — avisa Rubens. O carro está em frente ao portão de uma enorme construção. Ao redor, sob o único poste aceso na rua, pessoas vão aproximando-se de nós. O portão é aberto, empurrado por um homem cansado que se arrasta na nossa direção. A escopeta em punho dispersa o pessoal. Ele conversa rapidamente com Louise, volta e abre passagem.

— Podemos entrar.

Aqui, tudo também às escuras. Subimos por uma rampa até o pátio do hotel e, mesmo à noite, com poucas janelas iluminadas, entendo por que o local é um dos mais interessantes de Porto Príncipe: é de uma enorme mansão em estilo neogótico que nos aproximamos, a pintura branca empalidecendo-se à luz dos poucos holofotes dirigidos a ela. E é majestade o que as luzes revelam. Uma majestade já decadente, mas ainda poderosa — o Oloffson foi um dos raros edifícios do centro da cidade a resistirem ao terremoto de 2010.

Estacionamos e descemos. Tudo está silencioso, não há música ou festa alguma. Ninguém à vista, sequer para receber-nos.

— Acho que erramos — diz Rubens, olhando os arredores com curiosidade. Salvo por duas ou três janelas iluminadas, o hotel parece abandonado.

Viro-me e vejo quatro pequenos pontos luminosos dançando no escuro, acompanhados por latidos: os olhos de dois cães de porte médio, provavelmente vira-latas. Farejam-nos, parecem amistosos. Decidimos dar uma volta pelo lugar, e os animais nos acompanham.

Somos atraídos pela iluminação do que parece ser um grande quiosque mais abaixo. No caminho até lá, acendo a lanterna de meu celular. O movimento da luz mostra algo nos jardins que cercam o hotel. Desviamos a rota em direção a eles, conversando descontraídos. Quando chegamos, emudecemos.

Bem à nossa frente, há um pequeno crânio espetado no que parece ser uma lança. Há também um suporte, espécie de cabide, para os andrajos de cetim colorido que lhe servem de roupa. Mas não é o único: conforme iluminamos o jardim, vemos inúmeros... *totens* parecidos, lado a lado. Uma pequena multidão de crânios empalados, suas vestimentas cintilando ao refletirem a luz da minha lanterna.

Detemo-nos por aqui. Eu, siderado; Rubens, interessado; e sua esposa, apreensiva.

— Você tinha razão, Louise — afirmo, pulando a cerca que nos separa do jardim. — Estou adorando o Oloffson.

— Melhor não — responde ela.

Mas não resisto. Ilumino os totens e, vendo-os, logo penso nos *poto-mitan*, que Louise explicou-me serem os mastros que ocupam o centro dos templos vodus — chamados de *hounfours*. Rubens vem atrás de mim, curioso. Os cachorros acompanham-nos em silêncio, farejando por todos os lados.

No susto, sem querer, dirijo o foco para o que parece ser um poste maciço, à esquerda de onde Louise apoia-se à cerca. Aproximo-me. Mais acima, amarrada ao poste, há uma figura que parece crucificada: dois grandes tocos cruzados sustentam, na altura da cabeça, uma enorme pedra com chifres. Abaixo do que seria a região da virilha, projeta-se um serrote entre duas latas redondas. Parece haver sangue na lâmina.

— Melhor irmos embora. — Percebo apreensão na voz de Louise.

— Calma, vamos olhar um pouco mais — digo. A frase surpreende até a mim mesmo.

— É, isso é bem curioso. — Rubens encara a figura no poste.

O lugar realmente me interessa, mas não é só isso. O que quer que tenha sentido antes — continuarei denominando *chamamento* — é muito mais incisivo aqui. E quando chegamos ao grande quiosque, o chamado parece... multiplicar-se. Percebo-o vindo de diferentes fontes, uma vibração mais intensa na aragem noturna.

Sim, respondo em minha mente, mal me dando conta disso.

Acho que não sou o único a sentir a vibração do lugar: assim que entramos no espaço, os cachorros, que nos acompanhavam em silêncio, saem em disparada e começam a latir. Latem sem parar, avançando no nada. Entre seus latidos, ouço a respiração ofegante de Louise.

Sim, repito, agora mais consciente. E assustado.
— Acho mesmo que temos que sair daqui — insiste ela.
Não me sinto capaz de argumentar, mas Rubens intervém:
— Só mais uma volta e vamos pro carro.

Também pouco iluminado, o quiosque parece um enorme coreto, com o piso de terra em que estamos e cadeiras retráteis bagunçadas ao redor.

Mais ao centro do terreiro, percebo alguns desenhos no chão. Foram feitos com talco ou giz branco e apresentam formas geométricas bastante complexas, cujo sentido não consigo captar.

Ao chegarem perto dos desenhos, os cachorros ladram com ainda mais força, como se tivessem contraído raiva. Os latidos misturam-se ao espocar do choque de suas mandíbulas, tão furiosos estão.

Louise, ao longe, é a última a notar os rabiscos. E, quando aproximo meu pé de um deles, ela solta um grito que emudece até mesmo os animais. Ao berro, sucedem ecos estranhos, abafados. Soam como gargalhadas em surdina, mas logo extinguem-se.

— É melhor irmos. — Rubens agarra meu braço. Viro-me e vejo Louise retomando o caminho por onde viemos, correndo em direção ao carro.

Vamos atrás dela. Quando me aproximo da saída do terreiro, sinto um puxão por trás: um violento solavanco pelos ombros. Viro-me mais uma vez, agora irritado com Rubens. Mas só vejo os cães, que voltaram a latir.

— *Allez, merde!* — grita Louise ao longe, já próxima ao carro. Vejo a sombra de Rubens distante, também chegando ao veículo.

Quando enfim saio do grande quiosque, sinto o chamamento dar lugar a outra sensação. Também é familiar: meus sentidos destacando-se do corpo. De novo, tenho a impressão de flutuar ao redor de mim mesmo.

Desacelero o passo. Desta vez, estou inteiramente no momento. Não me sinto nada zonzo ou entorpecido. Afasto-me, e é como se me erguesse. Logo, pairo a alguns metros de meu corpo, que está abaixo, na entrada do quiosque, e daqui contemplo o lugar em que estamos. A luz é pouca e fraca; para além dela e por todos os lados, o breu.

De súbito, ouço um rumor distante. Batuques, talvez, ou galopes; não sei ao certo.

Daqui, ou de lá, vejo meu corpo indo em direção ao carro, que já está com os faróis acesos. Mas *vai* — ou *vou* — devagar, para desespero de Louise e irritação de Rubens, que grita algo que meu corpo não consegue — ou eu não consigo — distinguir. É uma figura mudada, a minha, de caminhar vagaroso e encurvada. Rubens logo empurra-a — ou a mim — para dentro do veículo. Depois bate com força a porta e, em três saltos, chega ao assento do motorista.

Sigo-os, agora sim certo de que sou eu mesmo. E certo de que são batuques o que ouço: tambores desordenados, acompanhados por sopros graves, desafinados... A palavra *Rarrá* me vem à mente.

Suspenso no ar, fixo-me onde a luz já não alcança, mas onde tudo se torna mais claro, vívido, sensível. Abaixo de mim, os cães continuam enlouquecidos, indecisos entre a fúria e o lamento. Não sou capaz de ir além, rumo ao breu. E é de lá, onde não me arrisco a ir, que o alarido vem. Aproxima-se, rumorejando com cada vez mais força; em poucos segundos, já o sinto logo atrás de mim.

No solo sob mim, o carro começa a movimentar-se. Vou em direção a ele, a balbúrdia me seguindo de perto. É mais rápida do que eu: me alcança em um instante.

Rubens, então, olha para cima, na minha direção, pelo para--brisas e grita. Seus olhos miram além de mim e começam a lacrimejar, mas não preciso virar-me para entender o porquê: no reflexo do vidro do carro, vejo uma procissão de pesadelos. Abominações diáfanas, os rostos rubros acesos como velas votivas. Muitas, muitas delas aproximando-se em marcha caótica.

Estou nessa multidão, embora já não me reconheça. Aceitei juntar-me a ela e me exilar de minha carne. Além do reflexo, no banco de trás do veículo, vislumbro o corpo que foi meu de olhos revirados, a boca abrindo-se com um espasmo: oco, nada além de uma casca. Ao lado do marido, Louise recusa-se a olhar. É ele quem dirige. Com um movimento brusco, Rubens acelera violentamente o carro até espatifá-lo contra o poste da crucifixão e arremessar a si e à esposa pelo vidro dianteiro.

No mesmo momento, perco-me para sempre. E enfim avanço — avançamos, impelidos pelo rumor vingativo da terra, ou do que antecedeu a ela, em direção aos corpos mutilados e agonizantes. Avançamos do breu à luz branda da vida que se extingue, para enfim tomar posse de tudo o que vive e deve morrer.